ハヤカワ文庫JA

〈JA1467〉

エゴに捧げるトリック

矢庭優日

JN104079

早川書房

8616

目次

エゴに捧げるトリック

〝自分〟を惑わす催眠は、解けようとしている。
誰かが「計画を開始します」と口にしたと同時に、時間と空間の間隙《かんげき》を縫うように
駆け巡り、次元を超えて我が意識は世界を覗く。
剥離《はくり》し顕現するのは、いつか。

PART 1

このゲームは非常に簡単に、互いの催眠力と耐性を競える。だから、僕たち催眠術士にとってはまるで嗜《たしな》みのように扱われている。

白い部屋に、二人きり。

対面に座っている少女はこちらのことを獲物のように見ているのだろう、僕の一挙一動を少しも見逃さないよう鋭い目つきをしている。

僕の手には、一枚のトランプカード。

「いい？　このカードを見て」

カードを裏返す。スペードのJ。黒い剣を持った青年の絵柄。

「目を瞑《つむ》って。息を吐いて」

彼女は言う通りにする。

催眠をかける側の発言はなるべく聞くようにする。それはルールというより、このゲームのマナーのようなものだ。

小さな吐息が聞こえる。


『――このカードは、ダイヤの3だ』


ハイベルガーボイス。僕の口から発せられた、相手の脳の一部分だけをトランスさせる特殊な言語。その波長は対象の脳内に染み込むように浸透していくという。

「……」

彼女の瞼《まぶた》が少し動いたのが見えた。けれど開かれることはなく、律儀《りちぎ》に目を瞑ったまま。

その隙に、トランプを裏返して再びテーブルの中央に置いた。

「いいよ、目を開いて」

少女の大きな瞳が光を反射する。

「さ、じゃあ……このトランプの絵柄《スート》と数字を言ってみて」

僕はテーブルの中央に置かれたカードを指差す。それは裏返されてはいるものの、ほんの十秒前に彼女に見せたスペードのＪに他ならない。手品のように入れ替えたりもしていない。僕はただ言葉を投げかけただけ。このカードはダイヤの3だ、と。

「……う」

少女は苦しそうな顔をしている。思い出そうとしても思い出せない。そんなむず痒《がゆ》さが、表情に出てしまっている。

「残り十秒」

僕の言葉に、少女は額に手を置いた。指の隙間から苦悶の感情が見え隠れする。

「……ハートの10」

かろうじて漏れ出た言葉。彼女の回答はこのカードの正解とも、僕がかけた催眠とも、どちらとも異なっていた。

「はずれ」

カードをめくる。少女は結果を見て、嘆息《たんそく》した。

「ダメですね、私」

「相変わらずの催眠耐性だね」

「しかもダブルではずしてる……本当にもう、私ったら」

呟《つぶや》いた声には疲れがにじみ出ていた。

〝催眠〟。外界において様々な意味を持つ単語。この時代この場所においては相手の認識を強制的に変える力を指す。

催眠を絡めたトランプゲームには、シンプルなものから複雑なルールを持ったものまで様々あるが、彼女と行っているのは最もベーシックなものだ。こちらが選んだカードを相手に見せて、その後に〝催眠〟をかけて別のカードと認識させる。その状況下でも的中させられるかどうかを試す。

先ほどのゲームだと、スペードのJと認識していた彼女の頭の中を、僕の催眠術によってダイヤの3だと認識を無理矢理に変えさせた。催眠が良好にかかっていたらしく、彼女はスペードのJという返答が出来なかった。

頭の中の映像記憶まで書き換えることが出来たのかは分からない。けれど、少なくとも僕の発した「このカードは、ダイヤの3だ」という発音自体を耳が覚えているので、彼女の方でも「ではダイヤの3ではないのだろう」という発想になる。そのため全然違うカードの絵柄と数字をあてずっぽうで答えたのだ。それが、ハートの10。

相手に絵柄を外させたら三点、数字を外させたら七点が、催眠をかけた方に加算される。絵柄の得点が低いのは、トランプの絵柄が四種類しかなく確率的にはおよそ四分の一で、適当に答えても当てられる可能性が高いからだ。

それを攻守を交代しながら十回ずつ行い、総得点を競うのがこのゲームである。

「次は私の番ですね」

少女が山札から、無作為に一枚カードを出す。

ジョーカーカード。踊る奇術師の絵柄が、テーブルの中央に置かれる。よりによって最も記憶に残りやすいカードを引いてしまうなんて、彼女も運が悪い。


『これは、ハートのエース』

カードを裏面にして、少女が言う。甲高《かんだか》いが静かで明瞭な声質は、脳に直接響くかのように反響する。
ハ、ハ、ハ、ハ、
ハートのエース。

意識がドロドロに溶ける感覚と共に、奇術師の体が歪《ゆが》んでいく。頭蓋の中で、先ほど視界を通して海馬に記録された映像が〝置き換わる〟。まるで丸かった粘土細工を捻《ね》じに捻じ曲げ細長い棒のようにした後、くるくると巻いて別の造形物に変えるようなイメージ。

数秒の後には、先ほど見たカードがハートのエースだと僕の脳は認識していた。もはやそれ以外の映像を思い返すことが出来ない。

……完璧な催眠だと、惚《ほ》れ惚《ぼ》れする。対戦相手ながら、あっぱれ。拍手したい程に綺麗な催眠だった。さすがは催眠力ランク4。

「さあ、答えを」

彼女が促してくる。僕の頭の中で、答えはハートのエース以外ありえない。けれど彼女がハートのエースと言う以上、答えはそれではないのだろう。絵柄も数字も何もかも思い出せず、とっかかりさえない。だから適当に答えることにした。

「ジョーカーカード」


ここまでで攻守合わせて二十連戦。さすがにもうお開き、トランプを片づけることにした。

「大丈夫だよ。こういうこともあるって」

僕は適当極まりない言葉をかける。納得いかない顔のまま、彼女もトランプを片づけ始める。

少しだけ頭痛がした。催眠を使いすぎたのか、それとも彼女の強力な催眠を何度も受けたせいか。とはいえ、頭痛はこの学園に来てから日常茶飯事。慣れてしまっている。

「あなたとの勝負は今までずっと引き分け続きだったのに……くやしいです」

「さっきのジョーカーは、適当に言ったのが当たっただけだよ。あれは数に含めなくていいって。まぐれだから」

「そうもいかないです。記憶の残滓《ざんし》が答えさせたのかもしれないですし……まぐれかどうかを見分ける手段がありません。負けは負けです」

「真面目《まじめ》だね。気にしなくていいのに」

「気になります。ジョーカーの件が無かったとしても、引き分け。今日くらいはあなたに勝とうと思ってたのに」

「僕と対戦すると、そういう感じになっちゃうね」

「お互い、成長がないってことです」

「そうとも限らないよ。二人とも成長していたとしたら実力差は開かないから、見かけでは分からない」

「前向き。今日はおしゃべりな感じですね」

そうかな、とだけ返す。

時計を見ると、十三時を回っていた。

「ああ、もうこんな時間だ。どう、食堂に行かない？」

「すっかりゲームに夢中になってしまいましたね、行きましょう」

レクレーションルーム①を出て、真っ白な廊下を二人で歩く。背景が無色のため、彼女の姿が克明に視界に映る。

奇妙な雰囲気だ。僕は彼女と、こんな風に二人で歩くような関係だっただろうか。僕の隣には常に誰か別の人物がいたような気がする。頭に靄《もや》がかかったような感覚がした。先ほどのトランプゲームの疲れが未だに残っているようだ。

「今日はありがとうございます。付き合わせてしまって」

少女に表情はない。彼女はいつも淡々とした話し方をする。ゲームによる疲労も無いようだった。

「ううん、いいよ。明日、試験だもんね」

「……何か、変な感じですね。あなたと二人きりでいるの、初めてかも」

彼女も同じことを思っていたらしい。僕の瞳をじっと見つめながら、呟く。

「いつもはイプシロンがいるもの」

それは自分にあてがわれたパートナーの名だ。そう、僕の隣にはいつも奴がいた。今日はどうしたのだろう？　朝から姿を見ていない。

「彼、どうしたんですか？　さっきから全然現れないですね」

「僕にも分からない。まあ、そういうときもあるよ」

「珍しいですね。常に一緒なイメージがありましたが」

少女は不思議そうな表情を見せる。確かにイプシロンとはお互いへばりつくように行動を共にしているが、それは僕のサポートのためだ。僕もいい加減、ここの環境には慣れつつある。奴の手助けは不要だ。そこまで一緒にいる必要もない。他の生徒は全員に個室が与えられているのに対し、僕とイプシロンだけは未だ同室。そろそろ独立したいというのが本音である。

そう言えば、この少女とはどれくらいの付き合いなのだろう。ぼやけた頭は、当然のことさえも思い出せないでいる。

「どうしたんです？　私の顔に何か付いてます？」

「い、いや……」

イプシロンと同じ、色素の薄い髪が揺れている。灰色の瞳がこちらを見る。崩れない表情。細い体軀。現実離れした姿形。彼女の名前は――。

〝パイ〟と、頭の中で声がした。それは何も無い水面に、一滴の水が落ちたかのよう。波紋のように脳内に何かが広がっていく。

「パイちゃん」

思わず口にしてしまった。当の本人は、少し驚いている。

「どうしたんです？　急に」

「い、いや……」

「ちゃん付けで呼ばれたの、初めてかも、です」

いけない。つい、ちゃん付けにしてしまったが、彼女と自分は同い年だ。馬鹿にしていると思われてしまっただろうか。

「ご、ごめん。今までこんな呼び方じゃなかったよね。何でか、つい」

「別にいいですけど。私もあなたのこと、福太郎《ふくたろう》君って呼んでますし。ちゃん付けと君付け。それってとても自然な呼び合いだと思います」

モノクロームのような淡々さで、興味なさげに答える。そのままそっぽを向くように先行された。怒ったのだろうか？　いつも通りの無表情からは感情が読み取れない。

「パイのことなんざ、どうでもいいだろう」

背後から声がして、僕は振り返る。いつからそこにいたのだろう、イプシロンが壁に寄り掛かってこちらを見ていた。

「イプシロン、いたのか」

「いたさ。俺はいつでもこの場所にいる。お前の傍らにいる」

ふてぶてしく笑う。意識的に格好を付けている、ということが一目で分かる振る舞いだった。サマになっているようでなっていない。

「今日は調子がいいようだな」

「別に。いつも通りだと思うけど」

「よく言う。昨日のお前は、そんな風に流暢《りゅうちょう》に話してはいなかった。自分の名前さえ忘れていそうな雰囲気だったんだ。おい、試しに言ってみろ。お前は誰だ？」

「……吾妻福太郎」

「ふふ、いい傾向だな」

にやにやと笑い、その端正な顔を崩す。

――イプシロン。僕にだけ与えられた同年代のパートナー。パイと同じ光沢の無い白髪。フェミニンな顔つきで全体的に線も細い。黙ってさえいれば今にも消えて無くなりそうな儚《はかな》い印象を受けるかもしれない。だが実態は、最強の催眠耐性を持つこの〝エスペリオンの現実〟そのもの。加えて性格最悪。

「俺はお前のことをリーダーと呼ばせてもらうぞ」

「リーダー？　何で急に。昨日まで福太郎って呼んでなかったっけ？」

「リーダーっぽいだろう、お前。如何《いか》にもな真面目面《づら》だ。今思いついたんだが、何か問題はあるか？」

「別にいいけどさ。好きに呼べばいいよ」

呼称なんてどうでもいい。特にこの少年には何と呼ばれようとどうとも思わない。

「随分とあの女と仲が良くなったな」

「仲良くしちゃいけないのか」

「いんや、意外だっただけだ。……食堂に行くのか？　なら俺も行こう」

後ろからイプシロンがひっ付いてくる。彼は僕の近くにいることが多い。

「よお、パイ。準備は万端か」

「ああ、イプシロン。起きていたのですか」

イプシロンに対しても、彼女は冷静だった。いや。心なしか僕の時よりも言葉に刺があるように聞こえる。

「福太郎と練習でもしていたのか？　頼むぞ、こいつを壊さんでくれよ」

「私の催眠力ランク4は伊達じゃありません。威力のコントロールもちゃんとやれてます」

「ふん、どうだかな。お前は妙なところで自信過剰なきらいがある。思いあがらないことだ」

「それはあなたの方でしょう。催眠力も無いくせに、どうして常にふんぞり返っていられるのか、不思議です」

「だからこそだ。催眠をかけることもかけられることもない俺は、エスペリオンの外野としてお前たちを観劇出来る。せいぜい、好き勝手に野次を飛ばさせてもらうさ」

「悪趣味。私たちは、あなたのための役者ではありませんよ」

「そうだな。俺にだけなんて勿体無い話だ。お前たちが不格好に踊る姿は、もっと大勢に観てもらいたいものだ。特にパイ——お前の、回り過ぎていつ転《こ》けるか分からない様《さま》は」

嘲弄《ちょうろう》するかのように、不気味にくるくる回転するイプシロン。パイは特に怒ることはなかったが、小さく嘆息した。

「相も変わらず、馬鹿にしてくれますね」

「俺はいつもこんなだ。それはお前が一番よく知っているだろう」

「そうですね、何だかんだで古い付き合いです。……変わらないですね、あなた」

「俺は変わらない。変わらずここに存在し続ける。お前は変わったか？」

言いながら、白い少女の左手首に手を伸ばす。彼女が着ける唯一の装飾品である、細い鎖。パイが、ぱっと、力強い動作でイプシロンの腕を弾《はじ》く。過敏な程に、反射的な行動だった。

「触らないでください！」

「ふふ。まだそんな鎖に執着しているとは、お前も変わっていない。人間は簡単に変われない。いや、俺たちは人間と呼ばれていいのかさえ怪しいな」

イプシロンが嗤《わら》う。端正な顔が醜く崩れている。失笑混じりの言葉がいよいよ癇《かん》に障ったのか、彼女の瞳は冷淡の色を超えて曇っていた。

「……消えて。福太郎君と話をさせてください」

「好きにすればいい」

イプシロンが鼻歌を口ずさみながら背を向ける。

僕はそのやり取りをただ茫然と眺めることしか出来なかった。会って早々に彼女の気力を奪うようなイプシロンの言動。とはいえ、奴が他人を不快な気持ちにさせるのは珍しいことではない。

「福太郎君。あなたもよく、イプシロンなんかとずっと一緒にいられますね」

「え、うん。パイちゃんは前からの知り合いなんだっけ」

僕と彼女は、つい三カ月前の同時期にこの〝エスペリオン〟に転校してきた。が、その辺で適当に拾われた僕とパイとでは、それまでの経歴がまるで異なる。

「以前もお話ししましたか？　徳島の阿波第七研究所で一緒だったんです。彼はあの性格ですから半幽閉状態でしたが、妙な縁で私とはそこそこ交流がありました。あまり思い出したくはありませんが……」

「そ、そうなんだ」

珍しく、表情にはうっすらとだが嫌悪感が滲んでいた。

二人の髪や目の色がどこか似ているのはその出自によるものだろう。遺伝子操作によって生まれた存在はこの時代においても少なくないが、真っ白の姿が二人揃うとこのエスペリオンにおいてさえ異質な雰囲気が漂う。

「福太郎君。イプシロンが持つ知識についてとやかく言うつもりはありません。彼が無駄に博識なのは認めます。が、立ち振る舞いだけは真似しないでくださいね。昔から彼は度が過ぎていたのですから」

「真似しようと思っても出来ないよ。でも、イプシロンはまだ君に対してマシな方だと思う」

「そうでしょうか」と納得できない様子で返すパイ。気を利かせて言ったわけではない。実際、奴はエスペリオンの男性陣に対して更に酷いことをしていると、他ならぬ僕がよく知っていた。

食堂のドアを開ける。

中には、鋼堂《こうどう》タケシとR《アール》王子がいた。彼らは先ほどまでの自分たちと同様に、トランプゲームを行っていた。試験前日である今日は講義も実技もないため、一日中自由である。

「ああ、福太郎殿とパイ殿。ごめんなさい、すぐに場所を空《あ》けますね」

食堂テーブルの中央を陣取っていたことを悪いと思ったのか、R王子が椅子から立ち上がろうとする。しかし——。

「お、おっと」

足元がふらふらとよろけて安定しない。近づいて肩を貸してあげた。

「あ、ありがとう。福太郎殿」

王子は足が悪く、普段から杖を使って歩行している。急に立ち上がろうとすればこうなってしまう。杖の生活には慣れているだろうに、彼は少しおっちょこちょいなのだ。細い体だ。ちゃんと食べているのだろうか。

「おい、R。まだ勝負の途中だぞ。こいつらなんかに構ってるんじゃねえ」

王子の対戦相手はこの一連の流れにも全く動じず、トランプカードを見つめている。

鋼堂タケシ。大柄で強面の男。同期とは思えない老けた顔つきだが、れっきとしたエスペリオンの生徒である。

状況からして王子が催眠術をかけていて、鋼堂は今まさに伏せられたカードを当てようと頭を抱えている。そんな中に乱入した僕たちの存在は、なかなかに邪魔だと自分でも思う。しかし更に邪魔をしようとする者がいた。

「鋼堂タケシ、そこにいたのか」

イプシロンがスッと鋼堂の背後に回り、その首元に顔を近づけ……ふっと息を吹きかけた。

「あ、ああああああああ！」

カードに集中していた分だけ感覚器は無防備。鋼堂はたまらず仰天して立ち上がる。

「てめえ、何しやがる！」

「いや何、緊張しているようだったからほぐしてやろうと思って」

「緊張する場面だろうが！　これでもうカードがまったく分からなくなっただろうが！」

鋼堂が太い腕を無雑作に振り回す。イプシロンはそれを軽やかにかわしていく。

「人のせいにするとは、鋼堂タケシとは思えん行為だ。男らしくないぞ」

まったく悪びれないイプシロンに、鋼堂の額には文字通り血管が多数浮き出ていた。

視界の隅には、弁当を持って隅に座るパイの姿が見える。騒がしい状況だが、彼女は興味も無いらしい。

「イプシロン、だめですよ。僕たちは真剣にゲームをしてたんですから、邪魔しちゃ」

「R……ふっ、分かったよ」

イプシロンも王子の言うことはすんなり聞くようで、何故か格好を付けてその場から引く。鋼堂は怒り収まらず、といった体《てい》で忌々しげに椅子を蹴る。

「そうだイプシロン、消えろよ。俺たちはお前と違って、明日から試験なんだ」

「勇敢だな、お前たちは。尊敬するよ。試験に通れば〝外〟に出なければならないのに」

「それでびびってるんだったら、初めからこんな学校に来ちゃいねぇ」

毅然とした態度の鋼堂を見て、何故かイプシロンは舌舐めずりをした。その様子に鋼堂は息を呑み、王子がひっと悲鳴をあげた。僕はとっくにドン引きしている。

「も、もう我慢できねぇ。『失せろよイプシロン！』」

皮膚がざわつく。鋼堂がイプシロンに催眠術を使ったのだ。強い意思が込められたハイベルガーボイスだが、イプシロンはどこ吹く風だ。まるで変化なく、不敵に笑っている。奴に催眠は効かない。そんなことは鋼堂も重々承知しているだろうに、余程耐えかねていたと見える。

「催眠なぞ使わなくとも、俺は俺の意思で勝手に消えるさ。頑張ってくれよ、鋼堂タケシ。ささやかながら、応援させてもらうぞ」

イプシロンは鋼堂の手元にあったフライドポテトを、鷲摑《わしづか》みにして口に放り込む。その後、鋼堂が口にしていたと思しきコップの水を飲み干した。やりたい放題である。

「てめえはなあ！　俺を腹立たせることを毎回毎回！」

「さらばだ」

笑いながらイプシロンは小走りで食堂から出ていく。何故か鋼堂に向かって再度振り返り、流し目を送っていた。

あいつ、飯はいいのだろうか。ここでしか食事は手に入らないというのに。あんなちょっとの量では足りないだろう。

「何でだ！　何であいつには催眠が効かねえんだ！」

鋼堂は額を机にぶつけ、怒りを紛らわそうとしている。気持ちはとてもよく分かる。

気付けば食堂の入口に立ち尽くしていた僕。彼らに「イプシロンがごめん」とだけ頭を下げて、パイの元に行こうとする。

だが、すぐに鋼堂に呼び止められた。

「おい、待てよ。お前、福太郎なのか？　今日は随分と元気そうだな」

「さっきから、よくそう言われるよ。そんなに昨日までの僕は死んでたのかな」

「死んでた、か。はっ……言い得て妙だな」

「タケシ、やめなよ」

王子が窘《たしな》める。記憶にないが、どうも今日に至るまでの僕の体調はいい状態になかったらしい。

「ああ、悪い悪い。福太郎よ、お前も明日の試験は受けるんだろ？」

「そりゃね。というか、イプシロン以外は全員受けるよ」

奴だけが例外なのだ。イプシロンは催眠術士ですらないのだから。

「準備の方は万端なのか？」

「さっきまで、君たちと同じくトランプゲームやってたよ。代わり映えしない戦績だったけどね」

「お前は催眠力も耐性も平均レベルだからな。よっぽど気を張らねえと、試験なんて通らねえだろうよ」

随分と威圧的に鋼堂は言う。イプシロンのせいだろうか、彼は僕に対しても当たりが強い。こっちは好きでイプシロンとつるんでいるわけではないのだが。

「鋼堂はどうなの？　調子の方は」

「ああ、絶好調だぜ」

親指を突き出す鋼堂の表情は晴れ晴れとしていた。反面、王子は少し呆れ顔である。

「よく言うよ。代わり映えしない戦績なのは、タケシもでしょ」

「はっ、さっきイプシロンからの妨害がなければ、勝ってたのは俺の方だったね！」

負け惜しみのように言う鋼堂の額には、汗が滲んでいた。ゲームにおいて自分の記憶を無理矢理掘り起こす行為は、思っている以上に体力を消耗する。彼の言う通り勝っていたとしても辛勝だったのだろう。

「しかし、福太郎よ。お前、頭は大丈夫なのか？」

「どういう意味？」

エスペリオンで無ければ悪口にしか聞こえない。

「あのパイとトランプゲームをしてたんだろ？　なら、奴の超強力な催眠をずっと受け続けてたわけだ。お前の催眠耐性はランク2。結構なダメージ、受けてんじゃねえのか？」

「問題ないさ。大丈夫だよ」

「呆れるぜ、お前あの女に気があるんじゃねえの？　俺だったら、おっかなくって対戦相手には選ばねえな。その程度の耐性で、ある意味すげえよお前」

「タケシ、耐性ランク2なのは君もでしょ。よくもまあ偉そうにそういうこと言えるよね」

「うるっせえな、R」

窘めるような王子の言葉を、鋼堂は聞きたがらない。しかし大声でそんなことを堂々と言うとは彼も度胸がある。この食堂ではパイが普通に食事を摂っているというのに。

「呼びましたか？」

「う、おお、パイ。いたのか」

やはり聞こえていたか。つかつかと彼女がこちらに近づいてくる。何故かたじろぐ鋼堂。

「鋼堂君、私はちゃんと自分の催眠力を制御出来ています。普通にゲームする分には問題ないと思いますよ」

「ほ、本当かよ」

「本当です。試しに、ここでやりますか？　私とトランプゲーム」

「け、結構だ。試験前に余計なリスクを背負いたくないね」

手早くトランプを片づけ、鋼堂は立ち上がる。まるで逃げるような振る舞いは微妙に情けない。

「じゃあな。明日の試験テーマが総当たり戦のバトルだったとしても、俺は躊躇《ちゅうちょ》しねえからな」

捨て台詞のように言って、彼はこの場から立ち去った。

「そうだ、福太郎。てめえ、今度はイプシロンを制御しとけよ。試験中に俺の前にあいつを出すな！　いいな！」

「あ、ああ。善処するよ」

　僕にどうこう出来る問題ではないが、その台詞にだけ鋼堂の必死さが伝わってきたため素直に頷いた。確かに、大事な試験の最中に奴がいたら気が散って仕方がないだろう。

　他人の足は引っ張りたくない。少なくとも僕は、試験は平等に行いたいと思っている。

　うるさい巨漢がいなくなり、一気に食堂内が静かになる。

「ごめんね。彼も悪い奴じゃないんですが、試験前ということでピリピリしているようです」

「いやいいよ。ランクが微妙に近い僕のことを警戒するのも無理はないし」

　鋼堂のランクは3－2。僕は2－2。彼は強がっていたが、実は近い位置にいる。

「福太……いえリーダー殿は人間が出来ていますね」

　R王子が爽やかに笑う。金髪碧眼《へきがん》。少女と見間違いかねないあどけない顔立ち。まさに王子のイメージの体現。けれど僕たちは、彼の外見からそのようなあだ名を付けたわけではない。実際に正真正銘の王子だからこその呼称である。

「君までリーダーって言うんだね、王子」

「え、ええ。嫌ですか？」

別に、と答える。そんなに僕は何かの先導に向いた人格をしているのだろうか。

「タケシはああ言っていましたが、試験課題が総当たり戦などでないことを僕は祈ってます。皆と戦うようなことは、遺恨が残りかねない。穏やかな試験にしてほしいものです」

「どうだろうね。どんな試験方法だったとしても、鋼堂はあたふたしていそうだけど」

「ふふ、そうですね。タケシは実力があるのだから、もっと落ち着けばいいのに」

王子は余裕のある振る舞いを崩さない。彼の能力は、このエスペリオンの中で最もバランスが取れている。実際には催眠能力だけなら最も試験を突破しやすい立場にいるのだ。

「さて、では僕も部屋に戻ります」

R王子が杖を使ってゆっくりと立ち上がる。余計な装飾のない無骨なステンレスの杖は、細い割に頑丈らしい。

「リーダー殿もパイ殿も。明日からは敵同士になるかもしれないですけど、正々堂々がんばりましょう」

「ああ、王子も……明日からがんばろう」

「ええ。特に僕は、恥ずかしいところは見せられない」

『僕は王子ですからね』と微笑む。鋼堂の時とは違う、穏やかなやり取り。

杖を突きながら、王子はゆっくりとその場から去っていった。

「皆やっぱり、試験に対して気は抜いてないね」

「それはそうでしょう。ぼんやりしているのはあなただけですよ、福太郎君」

パイの目には、少し呆れのようなものが混じっていた。

「そうかな」

「鋼堂タケシは相変わらずですが、R君ですら、何か攻撃的なものを眼の奥に隠していました」

「え、うそ……全然分からなかった」

彼女は意外と人のことをよく見ているようだ。僕にはいつも通りの姿にしか見えない。最初の頃に比べて大分マシになったとはいえ、彼らとは微妙な関係性なのだ。

「さ、ご飯食べませんか」

促されて、自分の空腹度合いに気付く。

カウンターに行くと、そこにはぽつんと一つだけ弁当が置いてあった。調理室は無人だ。その更に奥はベルトコンベアが密集しているらしく、自動的に一人一つの弁当が出るようになっている。

このエスペリオンという施設には、六人の人間しかいない。掃除こそ自分たちで行うが、料理・洗濯などの生活関係は全てマシンが管理してくれている。実際に自分の目で確かめたことはないが、講義ではそう聞いている。

機械的に温められた弁当を持って、パイの対面に座る。彼女の食事は既に半分が無くなっていた。

「催眠術を使うと、お腹減りませんか？」

「減るけど……」

「お前の場合は食いすぎだ。思えば、昔から食い意地が張っていたな、浅ましい」

「うわ！」

気付けば、隣にイプシロンが座っていた。もう戻ってきていたのか。

「いましたか、イプシロン」パイも苦々しい表情でこちらを見つめる。

「いたさ。テレビを見に来たんだ、俺の部屋にはないからな」

指差した先は、食堂の片隅。誰も気に留めていなかったが、聞こえるギリギリの音量が大型のテレビから流れていた。耳を澄ます。

「ＥＧＯの侵攻がストップしています。絶対防衛線上にいた中型ＥＧＯ七体、大型ＥＧＯ三体いずれもその動作を停止しています。

停止です。生物とは思えないほど、全く動く気配がありません。昨日夜から唐突にです。

高知の方では小型ＥＧＯの死骸が大量に発見されています。一体何が起こったのかは依然として不明。県警及び自衛隊はこれを好機と見て、態勢を整えています――」

「うっ……」

頭が痛い。催眠術の酷使によるものとは明らかに異なる痛み。

ＥＧＯ《エゴ》。

その単語を聞くと、何かが心を蝕《むしば》む。胸が苦しい。

イプシロンは、いやに真剣にテレビを見ている。彼の真剣な表情など、初めて見たかもしれない。鋭い目がこちらを射抜く。光のない灰色の瞳はパイとは違い濁っていた。

「どうした、リーダー」

「い、いや。何でもないよ」

「良かったな。ＥＧＯの侵攻が一時的にストップしているらしい。このままでいてくれれば自衛隊がどうにかしてくれるかもしれん。この施設もお役御免だ」

「私にとっては、あまり嬉しくないですね」

「ほう、何故だ」

「ＥＧＯを退治するために私たちは生まれました。こんなタイミングで原因不明の消滅でもされたら、私たちの存在意義そのものも消えてしまう」

「相変わらずくだらんことを考えているな、パイ。必要ないのなら、消えてしまえばいいだろう。俺たちも、ＥＧＯも」

「……」

イプシロンとパイの会話も、頭に入らない。

ＥＧＯ。エゴ。それは——。

「ＥＧＯ。Extraordinary Ghost Octopus。霊長類の仇敵《きゅうてき》。我々人類を追い詰める怪物たち」

隣の椅子が動くのを視界の端で捉える。

そこには、眼鏡をかけた黒髪の一人の青年がいた。とことん人の好さそうな、柔和な表情をした男。けれど眼鏡の奥の瞳には、何を考えているのか決して読み取らせてくれない得体の知れなさがあった。

「先生、こんにちは」パイが軽く頭を下げる。

「はい。こんにちは。パイ君……そしてリーダー君」

先生。このエスペリオンの唯一の教員が、隣に座っている。白いローブを羽織っており、どこか絵本における魔法使いを思わせた。

教壇でしか見ない姿のはずなのに、どうしてだろう。その顔には、旧知の間柄であったかのような強い既視感がある。この男の人柄がそうさせるのだろうか。

「俺もいるぞ、クソ教師」

「ああ、イプシロン。……どうやら、段階が一つ進んだようですね」

「ふん、相変わらずいちいち言葉にしないと気が済まないようだな。イカれた度胸だ。いやイカれていなければこんな場所で教員役などやっていられないか」

「別にいいでしょう？　今の状況で何を口にしたところで、誰にも理解出来ませんよ」

確かに彼らの会話内容は理解出来ない。見ればパイも首をかしげていた。

「ＥＧＯ、停滞してますね。この隙に上手いこと政治経済を回して、国内の状況を好転させてほしいものです」

「出来るといいがな。今の日本に、有能なのは何人も残っていない。回るのは防衛省だけだろうさ」

「悲観するものではないですよ、イプシロン。いつの時代も優秀な人材というのは唐突に現れるものです」

穏やかに笑う先生。上っ面の言葉ではなく、心の底からそれを信じているように見えた。

「ところで、どうかしたのですか。先生が食堂に来るなんて珍しいですね」

パイの質問はもっともだ。弁当こそ取りに来るものの、いつも先生は生徒と別の場所で食事を摂っている。

「いやなに、明日はいよいよ試験ですからね。皆の様子を見ておきたかったんですよ。君たちの体調管理も僕の仕事なもので」

「ふん、いいだろう。ならまず俺の体調を管理するといい」

不敵に笑い、何故かイプシロンが服を脱ぎ出した。わけが分からない。

「結構ですよ、イプシロン。君の管理は僕の仕事の範囲外です」

「そう言うな、サービスしてくれて構わんぞ」

教員相手にも敬語を使わずに、堂々と理解不能なことを言うイプシロン。よりによってズボンから脱ぎ始めていた。挑発的な目で先生を見据えている。

対面でパイが、口元を押さえながらキョロキョロと挙動不審にあたりを見渡していた。鋼堂に対して怯《ひる》むことのない彼女も、さすがにこの状況にはどうしていいか分からないのだろう。僕もだ。

「やめなさい、イプシロン」

「しかし……」

何が「しかし」なのか。意味不明である。

「そもそも君には試験も何もないでしょう。君の役割は別にある」

「分かっている。タケシに屈辱を与えるのが俺の仕事だ。さっきも奴を貶《おとし》めてやったぞ」

違います、と先生はぴしゃりと言い放つ。

「明日もリーダー君のサポートをお願いしますよ、イプシロン。あなたの本来の仕事を忘れないように」

「タケシのサポートでもいいんだぞ」

「それは鋼堂君が嫌がるでしょう」

先生の目が、パイに向く。もうイプシロンとの会話は打ち切るようだった。

「パイさん、体調は大丈夫ですか。君は催眠力こそ強力ですが、いかんせん耐性が低い。繊細な体をしているのですから、より一層体調に気を配ってください」

「はい……」

「俺も繊細な体をしているぞ。見ろよ」

そう言って、イプシロンが先生の肩に手を置いた。いつの間にか奴は下着姿になっており、白い筋肉質な肉体がむき出しになっていた。まるで意図が掴めない。教員に対する態度とは思えないイプシロンのそれを、先生は徹底して無視する。

「リーダー君、あなたもです。決して無理はしないように」

「わ、分かっています。先生」

「よろしい。君たちはまだここに来て三カ月しか経ってません。本当なら試験を受けられるギリギリの期間です……くれぐれも無茶な行動は控えてください。

ああ、イプシロンが何か変なことをしてきたら、言ってくださいね。出来る限りどうにかしましょう」

既に変なことをしているように見える。

先生は「では、頑張ってください」と椅子から立ち上がる。

彼にとっては、この程度のことは大したことに当てはまらないらしい。僕なんかより余程イプシロンとの付き合いは長いのだろう。

「おい待てよ、俺を見ろよ！」

叫ぶイプシロンを払いのけて、先生はコツコツと革靴の音を立てながら食堂から出ていく。鋼堂と違い、イプシロンへの対応が堂に入っている。

「……無理はします。ここで無理をしなければ、どこでするというのでしょう」

パイが、下を向きながら呟いた。それは先生には言えなかった本音なのだろう。

「私は、EGOと戦うために生み出されたのに」

左手首に、幾重《いくえ》にも巻かれた鎖。それを右手で強く握りしめている。

その気負った姿に声はかけられない。思いつめた表情を崩せるような気の利いた言葉を、情けないことに僕は持っていない。

テレビでは現場の報道が未だに続いていた。

画面には、大きな黒い影が映っている。それは愛媛にいる巨大ＥＧＯの一体だった。触手のような黒いウネリの塊。かつて赤く点滅していた単眼は、今は閉じられている。

二十一世紀中盤に現れた、謎の生物ＥＧＯ。深海から発生したと言われているが、実際の出所は不明。既存のどの生態系にも当てはまらず、様々なサイズと特性を持った集団が世界中に二百体以上出没し、人類を襲っている。

この日本も例外ではなかった。複数体のＥＧＯによる侵略を受けたこの国は、その四分の一が機能を停止していた。何故ＥＧＯが人類を襲うのかは分からない。生態として人間を食する必要があるわけでもないのに、奴らは執拗《しつよう》に人間を狙う傾向にあった。

無論、国家の防衛機構も即時対処はしたが、結果は芳《かんば》しくなかった。ＥＧＯの外皮には近代兵器による攻撃が一切効かなかったのだ。どういう仕組みでコーティングされているのか、刃物はおろか銃もミサイルさえもＥＧＯの前では無効化されてしまう。その魔法のような特異性は、科学で武装していた人類にとって致命的だった。

自衛隊も頭を悩ませていたが、爆発物ならば、傷こそ付けられないが衝撃を与えられることに着目し、定期的な爆撃により大型ＥＧＯの侵攻を食い止めてきた。お陰でいくつかの街は更地《さらち》になってしまっていた。

そして現在二一〇五年。EGOが現れ五十年が経過。

端的に言って、世界は危機に瀕していた。

依然としてEGOに対して科学兵器は通用しない。そんな中、ここ数十年で発見された唯一の効果的手段。

それこそが――催眠術だった。

◇

夢を見た。もう何年も前の出来事。

月が爛々《らんらん》と輝いている。宙に浮いた感覚で、月光に照らされた地上を見つめる。

砂の城のように崩れ落ちていく建造物。砂塵が地上を覆い、地響きが自然音と化している。動く人間が一秒ごとに減っていく。その鼓動を聞かれた者から順番に、植物のツルに似た黒い何かで潰されていった。

瓦礫《がれき》の中で広報機器がかろうじて電波を拾っている。

「――土佐清水市南部が瓦解《がかい》。足摺岬を中心に大型EGOを複数体観測、出現から十五分で砂丘化したと報告が入っています。避難警報が間に合っていません。指定避難所の天神病院と国立公園は既に消滅、周辺住民の方は速やかに北部に移動してください。航空自衛隊は只今、愛媛に集中しているため動くことが——」

「死ぬ！　死ぬって！」「くそっ！　ここにはEGOが現れないんじゃなかったのかよ！」「いやっ、あなたが先に行ってよ！」

車道だったアスファルトはとっくに豆腐のように割れて消えていた。落ちてくる瓦礫《がれき》、舞う火の粉、千切れた電線、飛んでくる人体の欠片。障害を避け、それでも間に合わないと分かっていながら、背後から迫りくる存在から人々は逃げ惑う。

赤い月が蠢《うごめ》く。いや違う。月ではなく、眼光だった。周囲を見渡せば、光はいくつも点滅している。その数の分だけが人類にとっての絶望。黒い塊、あるいは影とでもいうべきか。全長十メートルを超える怪物。実体が朧《おぼろ》げな巨体はのそのそと、歩を進めるだけで大地を砕いていく。眼球だけが確かな彩度をもって、実在を証明している。

——シルエットだけなら蛸《たこ》と見間違えなくも無いそれを、人はEGOと呼んでいる。

「母さん！　母さん！　そんな……どうして、父さんに続いて……！　『死ぬな！　死んじゃだめだ！』」

原形無き国道の端に、小さな慟哭《どうこく》があった。あどけない顔をした少年が、叫び続けている。だがどうあっても死の概念までは覆《くつがえ》せない。少年が抱えた灰塊からかすかに「福太郎」と呟く声が聞こえた。しかし幻聴だったかのようにすぐに消える。

生は水雫、死は卒爾。人間の命は簡単に霧散する。消えた火は二度灯せぬと少年は気付く。

人間と、人間が生み出した物の全てが壊れ消えていく。それが当然のことと化したのは、いつからなのか。

少年にも、黒い魔手が伸びる。苦悶の声には飽きたとばかりに、命を終わらせに来る。

けれども少年は恐怖の張り付いた表情のまま、それでも精一杯、生にしがみ付くように影に対して叫ぶ。

『お前たちなんていない……いないんだ！』

それは人間以外の生物にも届きうる、澄んだ声。

だが、いるものはいる。

業《ごう》そのもの故、怪異は望んでも自己を変えられぬ。

少年は消えぬ影の群れに対し、アプローチを変えた。

『ぼ、僕は、ここにいない。いないんだ』

自らの欲《エゴ》は消せずとも、子供が一人消えたことは彼らの道理にそぐうのか。闇で構成された巨体たちは、声の発生源を避けていく。

少年は、自身の声によってその命を拾ったのだ。

同時に、恐怖は怒りと憎悪へと取って代わり、少年の体から溢れ出ていく。

「いつか必ず、お前たちに復讐してやる」

その空気をどう感じたのか、影が一斉にざわめく。

――あは、あはあはあははははあは。

虚《うつ》ろな笑い声が木霊《こだま》する。それは――果たして少年の耳に届いたのか。

◆

次の日。レクレーションルーム①には全員が揃っていた。

パイ、R王子、鋼堂タケシ、先生。そして、イプシロンとこの僕、吾妻《あづま》福太郎。

生徒五人に先生一人。それで全員。たまに本部から通信が聞こえてくるが、基本的にこの階層は六人で構成されている。

皆、白いシャツに黒のスラックスを着ている。地味なモノトーンスタイルで統一感が出るはずが、それぞれ体格や髪の色が違うためにまとまりはない。

壇上には先生が立っている。

「さて、では本日から三日間〝試験〟を受けてもらいます」

皆、真剣な面持ちをしている。あのイプシロンでさえ。

「以前お話ししましたが、合格した者はこの施設からの卒業が認められます。同時に、今回の試験の成績はこれからの進路に大きく響きます。点数が高い者ほど、望む外部施設への推薦がしやすくなるのです。ＥＧＯとの遭遇率の高い最前線に向かうのもいいですし、後方の医療機関で心理療法を担当するのもいいでしょう。希望を通りやすくするためにも、是非とも今回の試験は頑張っていただきたい」

周囲を見回す。他の生徒たちは何を思って、ここで催眠術をマスターしようとしているのだろう。各々に事情は異なるはず。ここに来て三カ月が経過したが、皆の胸の内は見えていない。

僕はどうして、この場所にいるのだろうか。

昨日、夢を見た。大量のＥＧＯと崩れる街。母の死体。あれは実際にあったことだ。僕はあの時、ＥＧＯへの復讐を誓ったはずなのだ。その目的が、この身の原動力のはず。けれど何故か、そのことに実感が湧かないでいる。とても不思議な感覚だ。蜘蛛《くも》の巣が頭の中で張り巡らされているようにぼやけている。もっと他に何かがあったような気がするが、どうしてか思い出せない。単純な健忘は、催眠術を扱うとよく起こるのだが……。

「今から皆さんに手紙をお渡しします。その手紙に書いてあることこそが、〝試験課題〟です。内容はそれぞれで異なります。個人の特性に応じて、エスペリオンの管理集団が考慮した事案が課題となっています。各自、部屋に戻ってから読んでください。

そしてこの三日以内に、書いてある課題をこなし、そのことを私に報告してください。課題が本当に果たされたかどうか、また果たされた場合はその点数をジャッジします。

……基本的に手段については問いませんが、この学園の生徒として誇れる手段を尽くしてください。この施設には監視カメラが設置されていることをお忘れなく。以上です」


手紙を受け取ると、皆、黙って自室へと戻っていった。

中身は分からない。けれど、もしかしたら別の生徒とバッティングする内容という可能性もありうるのだ。その場合は競争になる。周りの生徒が敵になる展開を想像する。それは皆の警戒心を煽《あお》るには十分だ。

廊下に出る。

真っ白の廊下。白い色は長く見続けると精神を不安定にさせるというが、この施設では意図的にそれが使われている。白には催眠に関係する何かがあると聞いたことがあった。

僕たちの生活スペースは、この階層だけだ。

ここは愛媛県にあるエスペリオン学園。だが学園と言うには余りに小さく、施設はとあるビルの上階を丸々借りているだけ。僕たちがいる階より上にはエスペリオンの本部があり、僕たちを監視・研究しているらしい。

中央の中庭を中心に、円状にぐるりと部屋が配置されている。生徒の部屋が四つ、先生の部屋が一つ、レクレーションルームが二つ、食堂、図書室、運動部屋、購買が一つずつ、そしてトイレが二つ。

それだけ。生活するには最低限の構成。しかも卒業するまでは許可なくここから出ることは許されない、半ば監獄のような施設。いや、実際にアメリカの監獄をモチーフに作られたのではなかったか。どちらにせよ窮屈さを感じずにはいられない。人数といい、それでも「学園」を名乗るというのだから、逆に何らかの意地が感じられた。

「ここを監獄というには世界を知らなすぎるな、リーダー」

隣でイプシロンが、退屈そうな顔をしている。どうやら考えていることが口から漏れてしまっていたようだ。

「イプシロン、お前はここから脱走しようと思ったことはないのか」

「ないな。恐らくは生活必需品の提供を受ける〝購買〟がここの出入口になっているとは思うが、あそこは固く施錠されている。外壁を破壊するような道具も手に入らんようになっているしな。

よしんば外に出られたとして、どうする？　今の日本は機能麻痺を起こしている街が多い。清潔な場所で、電気が使えて、食うに困らない生活を送れている今の俺たちは、まだ裕福と言える。むしろエスペリオンはこの愛媛で最も安心して過ごせる場所かもしれん」

「意外だね。ここのメンツの中で一番アナーキーなお前がそんなこと言うなんて」

自室の前に立つ。表札は〝吾妻福太郎・イプシロン〟となっている。

「何で僕とお前だけ同室なんだろう？　他の皆は個室なのに」

「お前とパイは、三ヵ月前にいきなりやってきたんだ。単純に部屋数が足りなかったんだろう」

確かに一つ部屋が足りないのなら僕が割を食うのは当然だ。パイは女の子であり、エスペリオンに他に女子はいない。誰かと同室にさせるわけにはいかないのだ。

電子ロックを解除し部屋に入る。中は九畳ほどで、二つあるベッドが結構なスペースを占有している。それ以外には、必要最低限の日用品とホワイトボードしかない。簡素といえば余りに簡素な間取り。他の生徒の部屋も基本的な構成は変わらないと聞いているが、皆思春期の少年少女だというのに普段はどう退屈をしのいでいるのだろう。大した娯楽もないのに。

「今の時代は常に有事だ。娯楽になんぞ電気は割《さ》けんさ。オセロやトランプならあるぞ」

ベッドに寝転びながらイプシロンが言う。トランプはオフの時にまでやりたくはなかった。

どうしてだろう。三ヵ月もここにいたはずなのに、あまり実感が湧かない。誰か見知らぬ人間の部屋に来たかのよう。

洗面所の前に立って、小さな鏡を見る。自己暗示の事故を防ぐ目的で、各部屋の鏡には顔全体が映らないサイズの物が設置されている。鏡を無闇に見ないようにとも、よく指導を受けている。しかしそれでも、自分の姿を確認したい時はある。

古いせいか、鏡には錆《さび》が多く、少し曇っている。鏡面を侵食する斑点越しに映る黒髪、黒眼、鼻、唇と順に見ていく。それぞれのパーツを頭の中で組み合わせれば、これと言って特徴のない顔つきになる。典型的な日本人顔。あの柔和そうな先生とどこか似ていると感じるのは人種が同じだからか。考えていると、錆の数が増えていくように感じられた。

「どうしたんだ？　ぼけっと突っ立って。あまり鏡を見るなと言われてるだろう」イプシロンが呆れ顔で言う。「昔、馬鹿な生徒がうっかり自分に催眠をかけて自殺したんだ。間抜けの極みみたいな話だろう。お前も仲間入りしないよう、気を付けてほしいもんだ」

掃除が大変だからな、と笑われる。だが今は他に気になることがあった。

「イプシロン……変なことを言うかもしれないが。正直に言ってほしい。僕は催眠術にかかっているのか？」

「……はん？　何をもってそう思った？」

「端的に言って、意識がぼやける時がある。記憶が断片的で、ところどころ抜け落ちている気がする。最初は催眠術を酷使しすぎたせいと思ったんだけど……違う気がしてきた」

僕の言葉に、イプシロンは神妙な顔つきをする。

彼には一切の催眠術が効かない。催眠耐性ランク9という、ありえない性質を持つ存在。この世界に、彼に対して催眠をかけられる者はいない。一種の特異点だ。

「結論から言えば、分からん。俺は催眠にかからない存在というだけで、別に誰がどういう催眠にかかっているかが分かるわけじゃない」

「……そうか」

「俺は単純に、皆が互いに催眠術をかけすぎて、本当の現実を誰も認識出来なくなり、全員が錯乱してしまうという取り返しのつかない事態を防ぐために、ここにいるだけだ。あまり期待されては困るな」

そうだ。だからこそ彼は〝エスペリオンの現実〟などと言われている。

「一応言っておくが、ここ数日で誰かがお前にそういう催眠術をかけた様子はなかった。それにお前は本調子でないと言うが、今までに比べてよく喋るようになっているぞ。むしろ元気になっている感がある」

「元気に」

「そもそも、このエスペリオンの催眠術はそういうものではない。ここはあくまで対EGO機関だ。長期的に複数のことを忘れさせる、記憶をバラバラにさせる、なんて催眠術を誰も学ばないし使わない。ここの生徒たちに、そんなことを行うメリットはない。同種争いはご法度《はっと》。倫理感だけは無駄にある連中だからな」

そう、なのだろうか。

僕たちがこの学園で学んでいるもの、催眠術。

日本において明治末期から流布されたその技術は、民間での身体鍛練法から医療における精神療法・心理療法、時には霊術においても広がりを見せていた。二十一世紀初期でも催眠療法《ヒプノセラピー》は患者の心理的な悩みを解決する一手段として、特に欧米では積極的に医療に取り入れられていたそうだ。

「催眠は、対象の意識を潜在意識レベルにさせて、思考・感覚・行動を誘導する心理作用のことを指す。昔からこう定義されていたらしいな」

「随分と説明口調だね、イプシロン」

「いやなに、記憶が断片的というからな。このタイミングで説明してやるのが親切だろう」

頭を振りながらイプシロンが言う。態度こそふざけているが、助かりはする。

僕は記憶を失ったわけではなく、あくまでぼやけているだけだ。誰かが言ってくれれば記憶は顕在化する。三カ月間、間違いなく僕はここにいたのだから。

イプシロンが、コイントスをし始める。黄銅で出来た五円玉だ。一九四〇年代の終わりから今までの百五十年間、デザインを変更することなくこの有孔の形が使われてきた。

「催眠術というとこれだろ？　五円玉を糸で吊って、対象の目の前でたらして振る。あなたはだんだん眠くなる、ってな。そうすると相手は本当に眠る。これが一般に流布《るふ》された催眠術のイメージだろう」

確かにその通りだ。僕も、催眠と聞くとそういうイメージになる。

「科学的に説明するなら、五円玉の一定リズムの動きを見せることにより、対象の意識を暗示を受けやすい状態にする。俗に言う、非論理的な考えしか出来ない潜在意識だな。その状態に誘導する。

あとは、言葉による暗示をかけるわけだ。〝お前は眠い〟と。言葉は脳に直結し、気付けば対象にとっては眠さが真実となる。自分は眠いのだと刷り込まれ、錯覚させられる」

「それが催眠術。けど――」

「ああ、二十二世紀となった今では、催眠術は少しばかり意味合いが変わってきている。

前世紀ではせいぜいが医療においての治療技術の一環。しかし今は――EGOがいる」

EGO。人類を追い詰める謎の怪異。近代兵器が通用せず、自衛隊も舌を巻く文字通りのモンスター。しかし。

「そのEGOには催眠が有効だということが、二〇七〇年に判明した。ある天才催眠術士がEGOに対して〝ここは攻撃対象ではない〟という催眠をかけて退散させたことから全ては始まったんだ。それ以降、催眠術は国で本腰を入れて研究されることになった。この世界において催眠術は極めて重要な課題となっている」

そう、イプシロンの話は現代の常識だ。小学校の教科書にだって載っているかもしれない。だが、ここでの講義でも聞いたはずの内容を「へえ」と思う自分がいた。それは何に対しての感嘆か。あのイプシロンが、いやに真面目に講釈をたれていることに対してか。

「その結果、ここ数十年でデザインベビー……遺伝子操作された人間が大量に生み出された。催眠術という特異性を存分に発揮できるようにセッティングされた少年少女。かつて遺伝子操作は倫理的に問題視されていたが、この時代においては誰も責めない。腹も膨れない倫理よりも、死の恐怖に打ち克《か》つことを人類は選んだ。それなりに追い詰められているからな」

「イプシロン、お前も遺伝子調整体の一人なんだよね」

「ああ。パイはもちろんだが、Rもそうだろう。俺の場合は催眠術の効かない存在という実験作だから、他とはコンセプトが違うがな」

体色の似ているパイとイプシロンについては、どこか似た調整を受けたのかもしれない。R王子は悲惨だと思う。彼の足が不自由なのは、きっと遺伝子操作が要因だ。そこまでして手に入れたい体性。それが――。

「ハイベルガーボイス……特殊な声質。相手を催眠にかかりやすい状態に出来る言語の発声器官。このエスペリオンにいる連中は、全員それを持っている。俺以外はな」

僕にもある。だからこそ、昨日もパイと〝ゲーム〟が出来たのだ。

脳波ベルガーリズム。脳波を初めて捉えたハンス・ベルガーという学者から、その名称は採られている。

脳内において、安静状態に検出されるアルファ波、睡眠覚醒の境目となるシータ波。これらが発生している時が、催眠にかかりやすい状態と言われている。僕たちの声には、意識してその脳波を引き起こす力がある。何故そのような力があるのか、どういう機序なのか、その原理は完全には解明されていない。元々、それら脳波の発生機序については百年前から様々な学説がありながらも、未だに不明なのだ。意図して発生させられるこの声は、もはや魔法と呼ばれる概念に近いのかもしれない。

「僕は遺伝子操作を受けたわけじゃない。けど、催眠術が使える」

「先天的に使える人間が稀《まれ》にいる。お前と鋼堂タケシと、あの教員役がそうだな。天才・神童と呼ばれる類《たぐい》だ。時代が時代なら、放っといたら総理大臣にでもなってたかもな」

昔から、大多数をまとめる指導者・統率者には、このハイベルガーボイスを持つ者が多かったという。相手を意のままに操るような、無意識な催眠術士。

「まあ、だからこそだ。お前たちはこのエスペリオンという場所で訓練を受け、同時に研究されている。国という傘の下で、催眠術と一般教養の講義を受け衣食住に困らない生活が出来る代わりに、国はお前たちを見て分析している。今もそうだ」

イプシロンが天井を指差す。監視カメラがあった。ここは個人の部屋のはずだが、エスペリオンにとっては関係ない。プライバシーなど糞くらえな状態である。さすがにトイレやバスルームには設置されていないが。

「お前たちと国はウィンウィンの関係ということだ。ここは学園と研究所、二つの性質を持っている。気軽に外に出ることも、ここの六人以外と会話することも出来ない」

まるで幽閉。だが外では比べ物にならない阿鼻叫喚《あびきようかん》の現実が待っている。

「そう、全てはEGOをどうにかするために、だ。お前たちが前線に出て、催眠術でEGOをどうにかしてくれるのが、一番いいんだろうがな。リーダー。お前は試験に通ったら、どうするつもりだ？」

「……僕は」

「吾妻福太郎は、両親をＥＧＯに殺されている。その復讐のために、ここにいるのだろう？」

「そうだ。僕は、ＥＧＯを」

許さない。奴らをどうにかするために、僕はこのエスペリオンに来た。

額に手を置く。忘れてはならない。それが吾妻福太郎の目的。

「ああ。吾妻福太郎は、ここを卒業出来たらＥＧＯと戦う道を選ぶだろうな。もし今回の卒業試験を通ったら、お前は三カ月でエスペリオンを卒業できた天才扱いだ」

「天才だなんて」

大袈裟だ。頑張っている姿を見てきたパイたちに申し訳なくなってくる。

「どうだ？　調子は戻ってきたか？」

イプシロンが笑っている。軽薄な態度だが、真面目に話に付き合ってくれたのは事実だ。

「分かりやすかったろ？　猿でも分かったろ？　さて。それじゃあいい加減、手紙の中身を見ようぜ」

僕の手の中にある薄っぺらい封筒には試験課題が入っている。

「何が書いてあるんだろうね」

個人ごとに内容は違うという。間違いなく楽な課題ではないだろう。トランプゲームで全員に勝て、だったら分かりやすいのだが。せめて複雑で面倒な内容でないことを祈る。

封を切る。想像以上に文面はシンプルだった。

〝エスペリオン内の女子生徒が大切にしている物を一つ入手し、試験終了まで所持しろ〟

しばしの無言の後、イプシロンと顔を見合わせる。

ただの一行の文章。だが、余りに考察の余地が広すぎる内容だった。

◆

一時間。自身の課題の意味について、椅子に座り目を瞑ってゆっくり考えをまとめようとしたが、上手くいかなかった。時折聞こえるイプシロンの笑い声が癪《しゃく》に障る。気が散って仕方がない。

〝女子生徒〟の〝大切にしている物〟

わざわざそのような書き方をしているが、このエスペリオンに女子生徒は一人しかいない。つまりは、パイ——彼女の大事にしている物を入手しろ、と言っているのに他ならない。恐らくは、催眠を使って、と。

だが〝大切にしている物〟とは？　その定義とは何だ？　手に取れる物でなければならないのか。観念的な物でもアリなのか。何をもって大切にしていると判断するのか。それを手にし、どうすればいいのか。

「だから下着だって下着。女の大切なものと言ったら下着だろう。それを催眠使って奪いに行けよ」

この一時間、イプシロンはそればかりを耳元で囁《ささや》いてくる。僕のサポーターは僕をサポートする気が一切ないらしい。

分からないことが多すぎる。ただ課題を一つ出されただけで、頭が混乱していく。

「悩む必要なんてないだろう。さっさとパイに催眠をかけてこい。出来れば皆の前でな」

そして一番理解に苦しむのは、どうしてこのような試験課題なのかということ。パイを狙い撃ちするかのような——あげくに彼女が精神的ダメージを負うような内容なのか。それを何故、僕の課題とするのか。

一人で考えていても埒《らち》が明かない。

「ちょっと先生のところに行ってくる」

「あ？　おい」

これを課題にした先生の真意が知りたい。若干ルール違反な感じはあるが、仕方ない。イプシロンの低俗な囁きが鬱陶《うっとう》しかったというのもある。

僕は先生の部屋のインターフォンを押した。後ろにはイプシロン。「部屋で待ってろ」と言っても背後霊のようにまとわりついてきた。いつものことだ。

先生の部屋は、僕の部屋の三つ先にある。僕、パイ、王子、先生の部屋は隣接していて、何故か鋼堂の部屋だけ離れた場所にある。

「どうしました？」

がちゃりと、先生がドアを開けて出てくる。どこか訝《いぶか》しげな顔をしている。

「すいません先生。手紙を渡されてすぐで恐縮なんですが、内容について少し質問が」

「ああ、リーダー君ですか。てっきりイプシロンがまた嫌がらせをしに来たのかと」

先生はあくまでイプシロンのことは無視したまま「どうぞ」と中へ誘導する。ごく自然に奴を外に取り残したまま、扉が閉じられる。

間取りは僕の部屋と同じ。ベッドが一つしかないこと以外は、広さも何もかも同じだった。無味乾燥な部屋の中、テレビの電源が付いている。映っているのは相変わらずＥＧＯに関することばかりだった。

「EGOが停滞しているこの隙に、自衛隊は何とかして態勢を立て直してほしいものです。三ヵ月前の愛媛防衛戦での消耗を回復する暇がありませんでしたからね」

液晶に映る停止した黒影。解析不能とされた蠢く触手が、凍結したかのように固化している。昨夜の悪夢を思い出す。一体何故、あのどうにもならない化け物たちが停滞しているのか。兵器開発に力を入れているという真央鉄工による新催眠兵器なのだろうか。

「さて。新兵器というのならば、そうなのかもしれません。けれども全ての物事には理由があります」

返答は曖昧だった。何か知っているのかもしれないが、機密上言えないのだろう。

「それで、先生。試験課題についてなんですが」

僕がここに来た目的でもある話に変えようとする。先生はやや不満げに、

「ああ、試験ですか？　EGOの方が非常に重要なんですけどね。あなたにとってはそうでもない？」

「確かにEGOのことも重要ですが……今の僕にとっては試験の方が重要です」

試されているのかもしれない。そう思って強気に出ると、何故か先生は嘆息した。

「あなたは真面目ですねぇ、まったく誰に似たんだか」

らしくもなく、少し嫌味な言い方だった。彼は僕の両親のことを知っているのだろうか。

「でも、同時にホッともしましたよ。ええ、確かに今回の試験は非常に大事ですから。君の試験内容に間違いはありません。女子生徒の大切にしている物を奪うことが、あなたの課題です」

「そ、その〝大切にしている物〟の定義を教えてください」

「言葉通りです。女子生徒が自身の命と同程度の価値があるとみなしている物。本部も伊達に三ヵ月間彼女を監視していません。それにはおおよその見当がついています」

先生が天井を指差す。そこには僕の部屋と同様、監視カメラがあった。教員の部屋にまであるのは意外だった。

「もちろん、その内容を教えるわけにはいきません。あなたはそれを推測したうえで、彼女から入手しなければならない。——手段は問いません」

暗に言っている、催眠で入手しろ、と。ここは催眠学園、らしいと言えばらしい。

「物理的に手で掴める物ですか？　それとも、思い出とかの情報系でもありですか？」

「カタチは問いません」

一気に範囲が広がった気がした。

「それは、一つしかないんですか？」

「あながちそうでもないんですが……あなたが選ぶのは一つしかないと、本部は推測しています」

彼女が常に手首に着けている鎖が頭をよぎる。昨日のイプシロンとのやり取りを考えるに、非常に大事にしている様子だった。

——やはり、あれがそうなのだろうか。いや、冷静に考えると、いきなり手首に手を伸ばしてくる男がいたら、過敏に反応しても不自然でない。僕が同じ立場でイプシロンにやられたら、悲鳴をあげる。

「ふん。女の大切な物を奪え、か。そこはかとなく、いかがわしい響きが漂う課題だな」

噂をすれば、だ。いつの間にか室内にイプシロンが侵入していた。どうやら先生はドアのロックをかけていなかったらしい。不用心だ。

「イプシロン、お願いですから唐突に現れないでください」

「この課題を考えたのは、本当は本部じゃなくあんたなんじゃないのか、教員役」

先生の言葉を無視してイプシロンは言う。先生はかぶりを振った。

「失敬な。複数の人間が彼を三ヵ月間見守って決めた課題なのです。リーダー君にとって必要な試練なのだと思いますよ」

「こんな彼女が傷つきそうな課題が、僕にとって必要な事とはどうしても思えないのですが……」

さすがに反論したくなって、間に割って入る。

「ふん、ウジウジ悩んでるな、リーダー。今のお前の態度を見てたら、俺にもこの出題理由が見えてきたぞ。一言で言えば、お前は青臭いんだよ。パイなんざ、適当にだまくらかして好き放題にすればいい」

「……そんなひどいこと」

出来るはずがない。相手が女の子だから、とかそういうことではない。あくまで倫理的な話。僕は道義に反する催眠術の使用に抵抗がある。

「好き放題に、というのはともかくとして、僕もイプシロンと同意見の部分はあります。大人になれ、というメッセージ性を感じますね。こんな時代なのですから、その程度で騒がないでいただきたい」

先生の眼が壁に向く。外の様子は見えないが、きっとそこには日本全土を追い込む怪物の停滞した姿があるだろう。

大人になれ、か。何を指して大人、というのか。パイの大切にしている物を奪って大人になれるのだろうか。

俯く僕。反対に、まるで僕を庇い立てるようにイプシロンが立つ。

「倫理観が強いのも考えものだな。おい、教員役。今すぐこいつの課題を〝鋼堂タケシと一緒に寝る〟に変えてやれ。それがこいつのためだ」

それはそれで最低の試験である。欠片も僕のためにならない。

「何を言われても、どうにもなりませんよ。僕に抗議されてもお門違いですし、本部が課題内容を変更するとは思えません。絶対に無理な課題ではないのですから」

眼鏡の奥の瞳は、どこか薄暗く見えた。温和そうな顔つきとは裏腹に陰湿な性格なのかもしれないと疑う。

「じゃあ俺から、リーダーのサポーターとして質問がある。たとえば、こいつがパイの下着を持ってきた場合はどう判断するんだ」

品性の無い質問に、僕の頬を冷汗が伝った。イプシロンは何を言い出すのか。

「まあ、下着は大切な物でしょうし……合格判定を与えざるをえませんね」

無駄に冷静な先生の返答に、自分の血の気が引いていくのを感じた。

「ですが、リーダー君。それでいいんですか？　女性の下着を手にとって卒業する。本当にそれで納得出来ますか？」

「いいわけないですよ」

納得云々というより、純粋に恥晒しな卒業の仕方だと思う。

「だからこそ僕は、あなたが狙いうる彼女の大切にしている物は一つしかない、と言ったのです。僕もそう思います。あなたの倫理は下着を許さない」

先生は確信しているようだ。反面、イプシロンの方は、

「いいじゃないか、リーダー。下着奪って大人になれよ」

と執拗にそのプランを推してくる。言うまでもなく、万に一つも僕がそうすることはありえない。

「はあ……何でこんな意地の悪い課題になったんでしょう。……やっぱり僕がまだここに来て三カ月しか経ってないことが原因なんですか？」

「さて、どうでしょうか。最終試験の受験資格は単純に〝三カ月の講義受講〟と〝催眠力2以上〟です。あなたは条件を満たしているのですから、遠慮なく受けていただいて構いません。そこを理由に試験の難易度は変更しませんよ。ただ、本人の志望職種に応じた調整はします。しかしそれを言い出したらR君の今までの試験課題こそ、あなたのものより遙かに厳しいものでしたよ？　彼が外に出てやろうとしていることは、彼の体では険しすぎますから。自然、そうなります」

ま、本人の優しすぎる性格が一番の問題ですがね、と先生はぼそりと付け加える。

R王子は施設内で最もバランスのいい催眠能力を持っている。にもかかわらず、卒業出来ず何年もここに滞在しているのには、そういった理由があったらしい。

「ルールは無用です。あらゆる手段を尽くして構いません。それこそ方法論はあなたの倫理次第なのです。健闘を祈りますよ。手に入れたらこっそり僕に見せてください。彼女の大切な物かどうか判定してあげますので」

「やっぱりこの課題、お前が個人的に決めたんじゃないのか？　もしリーダーが下着を持ってきたらお前が得をするように出来ている。いやらしい男だな、むっつり眼鏡が」

「いらぬ疑いを……君は試験がないからと、言いたい放題ですね。くれぐれも試験中はリーダー君の邪魔をしないでください」

「ふん、こいつの邪魔はせんさ。お前の邪魔はするかもしれんがな」

イプシロンの執拗な中傷は、教員に対するものとは到底思えない。

「イプシロン、お前なんでそんなに反抗的なんだ？　いくらなんでも……」

「いいんですよ、いつものことです。彼のことは、まともに相手にしてはいけないのです」

先生は椅子に座り直してコーヒーに口をつける。まるで、イプシロンという現実から逃避するかのような振る舞い。

テレビを見直す。動かない巨大型ＥＧＯの姿が映し出されていた。ＥＧＯにも色々種類がいるが、どれも共通して黒い触手のようなものが密集しウネリを打っている。まるで長い紐をぐしゃぐしゃにまとめたかのよう。体の下部には二本足のような物を形作っており、引きずるように移動する。その様子は人型と呼べなくもない。

「このエスペリオンは平和ですね。世界はもう崩壊寸前だというのに」

「……そうですね」

つい三ヵ月前まで外界にいたからか、全潰した街並みが鮮明にイメージ出来る。

ＥＧＯの触手は軽そうに見えるが、小型ＥＧＯのそれでさえ工事用車両の鉄球に匹敵する威力を持つ。奴らが少し移動するだけで、周囲の建造物は根元から粉砕される。

日本はこの数十年で、多くのものを失った。海に面する県は特に被害が大きく、最高の食料供給地だった北海道はその大地の半分を消失。旧首都たる東京も大規模攻撃を受け、国事は混沌化。同様の被害を受けている海外諸国の後ろ盾《だて》も期待出来ぬまま、本州は民間人を長野・栃木・大阪に集中避難させ、県境に拠点を構え迎撃に徹している。食料・軍備・土地、どれが先に尽きるのか、人々は日々怯《おび》え生きている。

この四国は本州と隔絶されている。元々他県に比べてＥＧＯ襲撃率の低かった四国は、一つの島として可能な限りの自給を図っていた。香川に工場を集中させ、愛媛側を民間避難箇所に指定。時折太平洋から現れるＥＧＯに対し、高知の自衛隊施設は全力を注ぐが、それでも沿岸部は徐々に侵食されていった。その最前線を、人は高知絶対防衛線と呼ぶ。

「徐々に押されていく絶対防衛線……ＥＧＯもいつかはこの愛媛に辿り着くでしょうね。リーダー君。君はＥＧＯが何故現われたと思います？　どうして破壊行動をとり続けるのか、考えたことがありますか」

分からない。様々な学者が研究しているらしいが、依然として不明。

――ＥＧＯには、脳がないからだ。脳のない巨体が脈絡無く現われ、人の密集する場所を狙い暴れまわっている。その事実が尚のこと、世間を恐怖に陥れている。

「そう、脳がない。にもかかわらず催眠術にかかるＥＧＯとは何なのか。催眠術は高度な脳を持つ動物にしか通じない技術だというのに。今も議論が続く話ですが、昨年面白い学説が提唱されました」

「面白い学説？」

「ＥＧＯは、我々の視界に映らない〝電磁波〟のような存在が、動かしているのではないか、という説です。本体が別にあったのだとしたら、今までの通常兵器が意味をなさなかったのも当然のこと」

「それなら、催眠術が通じる理由にもなりますね。目に見えないものにも、僕たちの声は通じる。意識があるのだから、催眠術が効く」

「そうですね。意外と筋が通っているのです。電磁波以外の物でも構いません。要は我々の視力では捉えられない物、ということであるのなら」

「捉えられない物……」

そんな存在が、何故人類を脅かすのか。その理由が益々分からなくなる。

「リーダー君。君は生徒でありながら、EGOの実物をよくご存知のはず」

先生は、僕が過去にEGOに襲われたことを知っている。そのことを言っているのだろう。

「ええ、今でも思い出すことがあります」

今日見た夢を思い出す。ノイズ混じりの風景の中で叫ぶ、少年の嘆きを。

「あなたは当時民間人でありながら、EGOと対面し生き残った数少ない人物。……申し訳ありません、嫌な記憶でしょうけれども、あえて聞きます。直《じか》にEGOを見て、どういう感想を抱きましたか」

「そんなの……当時の僕は、きっと色んな感情で一杯だったと思います。死ぬかもしれない恐怖と、両親を殺された悲しみと怒り。でも、どうしてでしょう。今思い返すと……とても虚しい気持ちになるんです」

「虚しい気持ち？」

「僕は催眠を使ってEGOの注意を逸らし、生き延びました。そのとき通りすぎていくE

ＧＯから——子供みたいな笑い声が聞こえたんです。信じられない話でしょうから、人には言っていないんですけれども……幻聴だったのかもしれないですし」

「……」

「でも今思い返すと、その笑い方がとても乾いていた気がして。子供みたいな無邪気な笑い方じゃなかったんです。自分で自分を嘲笑《あざわら》っているような……。ＥＧＯに内面のようなものがあるとしたら、本当は空虚な何かを抱えているのかもしれません」

先生は考え込むように俯く。眼鏡の奥の瞳は、見えない。

ふと気になった。

「先生は現場に出たことがあるんですか？」

「はい」

「ＥＧＯは、どうでしたか？　目の当たりにして、先生は何を感じました？」

「愚問です……僕がＥＧＯに感じるのは、怒りしかありませんよ」

言葉とは裏腹に、先生のその声こそ、かつて聞いたＥＧＯの笑い声と同様。

乾いていた気がした。

◆

僕が初めてパイという人物に抱いた印象は、綺麗というものだった。白すぎる肌に、女性らしい細い体軀。色素の薄い髪が、強い神秘性を作り出している。あまりに美しく見えるが故《ゆえ》に、最初は自分がそういう催眠にかかっているのでは、と疑うほどだった。

三カ月前、僕とパイは二人同時にエスペリオンに入学した。タイミングが重なったのは偶然だった。避難施設でたまたま声をかけられた自分と、別の研究施設で高レベルの催眠術士として調整を受けていた彼女とでは、まるで境遇が違う。

当然のことだが、最初、僕はこのエスペリオンに馴染めなかった。

「何でお前みたいなヤツをここで……」

鋼堂タケシは僕にいい感情を持っていなかったらしく、隙を見ては突っかかってくる。

「またイプシロンの……あ、あの……僕とは距離を置いてもらえると」

R王子も、僕に率先して近づこうとはしなかった。

「ああ、君は……いえ、今の君に何を言っても無意味でしょう」

僕の催眠術のスキルが物足りなかったせいか、先生もどこか余所余所《よそよそ》しい。

「おい！　俺は今から自分を慰める行為に入る。邪魔をするな！」

イプシロンは……いやいい。今と大差がない。

僕はこのエスペリオンという施設で、異物扱いだった。他の生徒に比べれば、能力的には見劣りする。けれど外に放置するのも危険。そういう、中途半端な存在。

しかしパイは違っていた。

「吾妻福太郎君、ですね。これからよろしくお願いします」

同時期にこの施設に入った、ということもあったのだろう。彼女だけは、僕と自然に接してくれていた。

「イプシロンのパートナーと聞いていますが……まともなんですね。彼と一緒にいて、疲れませんか」

イプシロンによる様々なハラスメントを受けていた僕を、気にかけてくれる彼女。

「暇してますか？　福太郎君。相手がいないなら、私とトランプゲームしませんか」

一緒にトランプゲームをやってくれる彼女。

彼女は催眠力4という異常数値を持つこともあって、鋼堂のような人物からは疎《うと》まれているようだった。が、僕の視界に映る彼女は端的に言って善良。周りの評価に左右されず、先入観に捉われず、凛とした自我を持っている。エスペリオンにおいて僕が最も恩を受けた人物である。

「私たち催眠術士というのは、やはり他人からはなかなか受け入れてもらえない存在です。他人の意識・思想を変えられる、というのはそれだけで大きな脅威ですから。でもだからこそ、催眠術士同士くらいは仲良くしてもいいと思ってるんです」

いつかの彼女が発した澄んだ声を、今でも覚えている。

——そんな彼女が大切にしている物を奪うことが、今回の試験内容である。

部屋に戻った僕は、天井を見て呻《うめ》いた。

「ああ……ああ、ああ」

「うるさいな、何がお前をそんなに苦しめているんだ」

「冷静に言うなよイプシロン。お前には分からないのか」

分からんね、とイプシロンはつまらなそうに言う。こいつに理解されようと思った僕がどうかしていた。

ああ、本当に性質《たち》の悪い課題だ。トランプゲームでパイに連勝しろ、という課題ならまだ理解できる。何故、よりによって大事な物を奪う、という内容なのか。何故、パイを指定しているのか。僕は人を傷つけるような催眠を使いたくないというのに。

〝課題を変更することは出来ない〟、〝この課題には意味がある〟と先生に明言された以上、真面目に策を練らなければならない。

パイが傷つかない手段で、彼女の大事な物を奪うのは可能なのか。汗が頬を伝う。

「いや、普通に催眠術使えよ。〝お前の大切にしている物をよこせ〟でいいだろう」

ブリッジの体勢を取りながら、イプシロンは馬鹿を見るような目で僕を見た。

「手紙にはああ書いてあったが、この学園に女はパイしかいない。あいつに催眠をかけるしかない。本当は分かっているんだろう、リーダー」

「確かにそれで目的は一瞬で果たせる。でも、その後すぐに正気に戻ったパイちゃんはどういう気持ちになるんだろう、って思うと……」

気は進まない。大切にしている物を奪われたパイが、以降まともな精神状態でいられるのか分からない。最悪泣かれるかもしれない。泣かれる……彼女の泣き顔を想像すると、胸が痛くなる。

「何をクソ真面目なことを言ってるんだ、お前は……。今は試験中だと、あいつも分かっている。その程度で覚悟が揺らぐなら、やはりその程度なんだ」

「かもしれないけど……でも……」

「さっき教員も言っていたが、お前のそういう青臭いところを矯正《きょうせい》する目的での課題なんだろう。それにこの課題はそこまで簡単でもない。なんせ、大切にしている物を試験終了までキープしなければならん。

お前とパイには、〝1の差〟がある。だからお前がパイに催眠をかけても、パイは特に疑問に思わず、大切にしている物とやらを差し出すだろう。問題はその後だな。今度は奪い返されないことに尽力することになる」

イプシロンは部屋に備え付けてあるホワイトボードに、きゅっきゅと音をたてながら何かを書きだした。

「改めて説明しておく。お前らは催眠術をかける力そのものである〝催眠力〟と、催眠術のかかりにくさである〝催眠耐性〟を計測されている。一覧にしておくとこうだ」

福太郎　：催眠力２　耐性２
パイ　　：催眠力４　耐性１
Ｒ　　　：催眠力３　耐性３
タケシ　：催眠力３　耐性２
先生　　：催眠力２　耐性２
俺　　　：催眠力０　耐性９

「自分の催眠力の数値が相手の耐性と同等かそれを上回っていれば、催眠は有効だ」

改めて見ると僕が一番能力が低い。ややショックである。というか先生が僕と同等というのが、何だか意外だった。

「まあ、教員に求められるのは催眠能力だけではないということだな。リーダー、相手はパイだからまだマシな方なんだぞ。Rの大事なものを奪えという課題だったら、間違いなく詰んでいたんだ」

その通りだ。R王子は数字上、僕の純粋な上位互換。催眠対決になれば、彼に僕の催眠は効かず、けれど彼の方はあらゆる催眠を僕に施すことができる。

「パイの催眠耐性とお前の催眠力の差は……1。1あれば、まず間違いなく催眠はかかる。あいつの能力はピーキーだ。最強の催眠力であるランク4を所持しているが、反面非常に催眠にかかりやすい体質でもある。そこが問題だったが故に、奴はすぐに前線に出られずこんな学園に来たのだが……とはいえ今回、リーダーにとってはそれが幸いしたな」

「……分かんないよ。この三カ月で、パイちゃんの催眠耐性が上がったかもしれない」

「そう簡単に能力は変動しない、一年以上はかけんとな。よしんば能力が上がったとしても耐性2、その程度。お前の催眠力とは同等だ。同等でも催眠術はかかる、問題はない」

「く……」

あの子に催眠をかけろというのか。何だかんだで一番世話になったあの子に。

ああ、胸が痛い。この痛みこそが、試験課題だとでもいうのか。

「催眠術の本質は、相手の認識を変えることだ。ルールも非常にシンプル」

・催眠術は、相手の〝認識変換〟が本質である（その上位版に〝命令〟もあるが、これは対象との間にランク差1が必要）。
・催眠力は相手の催眠耐性を上回れば上回る程に強くなる。
・認識変換の対象の範囲が狭く単純である程、催眠は強くなる。
・本人が強い意思で抵抗を示す行為（自殺等）は催眠がかかりにくく、またかかったとしても時間が短縮される。
・催眠術は仕掛けてから時間が経過する程効きが悪くなる（基本は三日もたない）。
・同じ催眠をかけ続けると効果が薄くなる。
・相手がどういう催眠をかけてきたか、かけられた方はその言葉を覚えていることが多い（絶対ではない）。

「つまり、りんご百個を〝これは全部みかんだ〟というより、りんご一個を〝これはみかんだ〟という方が催眠はかかりやすい。〝これはりんごではなく何かよく分からない果物だ〟という曖昧な表現より〝これはりんごではなくみかんだ〟という方が催眠はかかりやすい……ってことだ」

イプシロンがホワイトボードに文字を連ねていく。分かりやすくはあるのだが、催眠術士でもないくせにいやに詳しいのがどこか不気味だ。

「今回仕掛ける催眠、〝お前の大切にしている物をよこせ〟の難点としては、相手が激しく抵抗しかねない内容ということだ。誰だって自分の大切にしている物は、他人に与えたくはない。加えて、少し対象の範囲が曖昧であることも問題だ。もっと具体的ならいいんだけどな。だから〝お前の下着をよこせ〟とピンポイントで指定するのはありだ」

イプシロンは真剣な表情で言う。論理的に全然ありではない。

「いや、そこはどうでもいいよ。それよりも問題は、パイちゃんが催眠をかけられたという事実を、記憶として残し続けるということだ」

「そうだな。〝認識変換〟の方だったら催眠は最高で三日続くだろうが、今回は内容的にどうしても〝命令〟になる。しかも標的は奴の大切にしている物、催眠はすぐに解けるだろう。それを渡した後、正気に戻ったパイは論理的に考え、すぐに〝福太郎君が催眠を使って私の大切にしている物を奪った〟と気付く。

一番面倒なのが、そこで即座にパイが〝返してください〟とお前に催眠をかけ返すことだ。壮絶なイタチごっこが始まるだろうな。残るのは脳へのダメージだけだ」

確かに彼女の性格的に、取り返しにくるだろう。いや誰だって、大切な物を奪われたらそうなる。だが、問題はそこだけでない。催眠をかけ返されなかったとしても、彼女は大切な物を奪った僕を許さないに違いない。

「試験終了間際に催眠をかける、というのも有効だな。だがリスクもある。一発の催眠で上手くいかなかったら、試行錯誤しているうちに試験が終了しかねない。加えて、試験終了時間は明かされていない」

ぺらぺらと喋り続けるイプシロン。珍しくサポーターとしての仕事をこなしているが、あまり頭には入ってこない。

「しかし実際、その催眠をかけられたらパイもショックだろうな。まさかよりによって吾妻福太郎に寝首をかかれるとは思ってもいないだろう。ほぼ百パーセント遺恨は残る。だが別にいいだろう、卒業してしまえば会うこともあるまい」

「……よ、良くはないよイプシロン。どうすれば」

「知らん、自分で考えろ。そこまで催眠に関して倫理がうんたら言うなら、催眠無しで直接頼めばいいだろう。〝試験課題だから頼む、大切にしている物をくれ〟と」

「い、いや彼女の性格的に、試験でそういうなあなあな頼み事は断られる気がする」

〝これは試験なのですから、催眠で奪うのが筋なのでは？〟。想像すると本当に言いそうだ。それはそれで正々堂々とした勝負にはなるが、意識する分彼女の抵抗力が上がり、催眠難度も上がるだろう。直接対峙しないよう逃げられるかもしれない。最悪、僕が何かする前に眠らされるおそれもある。

「お前はさっきからグジグジと……なんだ、パイのことが好きなのか」

ぴたり、と僕は動きを止める。確かに、内面も外見も綺麗な子だとは思うけれども。

「違うよ、そういうんじゃない。ただ何か、彼女からは危うさのようなものを感じるだけだよ。放っておけないというか」

そんなことを僕が思っていると彼女が知ったら不機嫌になるだろう。彼女からは、きっと僕も頼りない存在に見えているだろうから。

「なのに僕がその危うさを増長させるような真似は……したくないんだ」

「ふん。皆、それぞれ壮大な目的を持って、この学園で催眠を学んでいるはずなんだがな。そんな色恋を持ち込んでくるとは、お前……」

窘めるように僕に言う。いやイプシロンにだけは言われたくない。

「そう言うお前の目的はなんなんだ、イプシロン」

「俺か？」

「皆、確かに壮大な目的を持ってそうだ。お前にも夢や展望みたいな物があるのか？」

「ふん、知れたこと」

イプシロンが鼻を鳴らす。

「鋼堂タケシとR、そしてあわよくばあのえらそうな教員役。この三人の嫌がる顔を見ることだ」

「い、嫌がる顔？」

「ああ。奴らの自尊心を傷つけ、屈辱的と感じるような行為をしたい」

「何故」

「単純な話。したいからだ。なんとなく」

なんとなく。この男は、なんとなくでこのエスペリオンの男性陣を苦しめたいという。

「奴らの〝止めてくれえ〟という顔を見たい。それはごくごく自然な事じゃないか、リーダー」

自然ではない。不自然さの塊だ。

「特に鋼堂タケシ。奴はいい。打てば響くとはこのことだ。タケシは……屈伏させてみたいな。なんとなく」

「わ、分からない。好きな子に意地悪したい気持ちなら何となく分かるけど……何で鋼堂？　パイちゃんは？」

「パイ？　本気でどうでもいい。たまに存在を忘れるほどだ」

研究所からの付き合いであるはずの彼女に対し、イプシロンは関心さえないらしい。

僕は椅子から立ち上がった。

「とりあえず、僕はパイちゃんに会いにいくよ」

試験課題の書かれた手紙をくしゃくしゃに握り潰して、ゴミ箱に捨てた。万が一にもこの手紙を誰かに見られるわけにはいかない。このゴミ箱は下の階の焼却炉か何かに直接繋がっているらしく、一度捨てたら戻ってこない。ゴミの回収という手間を省くシステムらしいが、取り返しがつかない分少し怖くもある。

「お、とうとう催眠をかける覚悟が出来たか」

「まさか。……彼女の大切にしている物が何なのか。その探りを入れてからでも、全然遅くない」

どう催眠をかけるか考えるのも大事だが、彼女が何を大切にしているのか、という情報も極めて重要だ。その正体が分かるだけでも、催眠の質自体が変わってくる。

「ふん、まどろっこしいが着実ではある。だがそれを聞き出す話術がお前にあるのか」

「ここでくよくよ悩むよりはいいよ。なにかとっかかりが見つかるかもしれないし」

「逆に悩み事が増えなければいいがな」

◆

レクリエーションルーム②は①と同じく椅子と机しかない、だだっ広い白色の空間だ。

パイはそこにいた。正確には鋼堂タケシも。二人は一つの机を境に向き合って座っていた。手にはトランプカード、何かしらの勝負をしているようだった。しかし。

「うっう……うっ」

鋼堂が泣いていた。

「……」

状況が分からない。大の男が泣いている姿は、非常にシュールな光景に映る。

泣いている鋼堂と反対に、パイの方は無表情だった。蔑視とも異なる、そもそも対象を人間とはみなしていないような冷めた目をしている。その灰色の瞳がこちらを捉えた。

「ああ、福太郎君ですか」

「ど、どうしたの？　何か穏やかじゃないけど」

鋼堂は僕の姿を認識しても、構わず泣き続けている。

「いえ、彼の課題に付き合ってあげただけです」

「課題？」

「鋼堂君の課題は〝トランプゲームで全員に勝利すること〟でした。彼は何故か、初戦の相手に私を選んだのです」

なかなかに勇猛な選択だ。鋼堂は手強い相手から先に片づけるタイプだったらしい。

「しかし催眠力4・耐性1の私と、催眠力3・耐性2の彼では、どちらも容易に催眠にかかり、かけられるので、福太郎君の時と同じく永遠に引き分けになります。だからか……彼は、少しダーティーな手段に出てきまして」

「ダーティー？　汚い手段ってこと？」

「ええ、十番勝負だったんですが。四番あたりから、私が催眠をかけようとすると机を揺らしてきました。五番目では〝わー！　わー！〟と喚きだします。六番目で、とうとう耳栓を使いだしました」

「……」

よ、幼稚すぎる。僕は天井を見た。監視カメラはここにもある、そんな手段で勝ってどうするというのだろう。

「七番で心理戦を仕掛けてきました。〝福太郎と仲良くするの止めたらどうだ、外で変な噂がたつぞ〟と」

余計なお世話である。僕の名前を出さないでほしい。

「八番。このままでは引き分けると思ってか、純粋に暴れだしました。私の方が情けなくなってきたので、催眠をかけることにしました。〝あなたに怒りの感情はない〟と。催眠は良好に効いたはずですが……何故かこうなってしまいました」

泣いている鋼堂を指差す。怒りの感情が無くなり、勢いあまって悲しみの感情に反転してしまったのか。もしくは怒りで誤魔化すことも出来ずに、自分が勝てないという現実と冷静に直面したが故か。

分からない。人の心理は完全に解明出来ていないからこそ、感情操作系の催眠は難しいとされている。

「タケシ……！　どうしたというんだ！」

出てこなくてもいいのに、ここぞとばかりにイプシロンが叫ぶ。

「大丈夫だ、俺がいる」

イプシロンがうさんくさい声で鋼堂の肩を叩いて揺らす。何も大丈夫ではない。

「や、やめろ！」

嫌悪感が勝ったのか、反射的に鋼堂がイプシロンを突き飛ばした。ゴロゴロと床を転がることで衝撃を打ち消す。怒りの感情が無いはずなのにこういう行動が瞬時に出来るとは、生理的に体がイプシロンを受け付けないようだ。

「うっ……うっ」

泣きながら、レクレーションルーム②から出ていく鋼堂。もしかしたら彼の課題は一発勝負だったのかもしれない。だとしたら今回の試験で彼は卒業出来ないことが確定するが、泣くほどのことなのだろうか。何にせよ、大の大人が嗚咽《おえつ》する姿は、見ていて気分のいいものではなかった。

鋼堂に見向きもせず、パイはトランプを片付けていた。

「すごいね、何だかんだで鋼堂を追い払うなんて」

「大したことではありませんよ。それに本来、ゲーム中にカード以外のことで催眠をかけるのはルール違反です」

「先に妨害工作してきたのは鋼堂の方なんだろう？　だったらお互い様だよ」

彼女の対面に座る。まだ鋼堂の体温が椅子に残っていて、どこか気持ちが悪い。

「いいえ、感情を操作する催眠は罪深い技法です。誰が罰するわけでもないですが、恥ずべき行為。私も少し感情的になってしまいました、反省ですね。福太郎君とのことをとやかく言われ、何だかイライラしてしまって」

言葉とは裏腹に、彼女は無表情だった。もしかしたら、冷静だと思い込んでいただけで、彼女にも感情の揺らぎが常に起きているのかもしれない。

「私が誰と一緒にいようと自由です」

そうだね、と返す。鋼堂は以前から、僕とパイが一緒にいることを良くは思っていないようだった。案外パイに気があるのかもしれない。つい意地の悪いことをしてしまうのだろう。

だが……パイの催眠耐性は1。鋼堂なら、パイの感情を操作する催眠も出来るはず。たとえば〝お前は俺のことが好きだ〟といったような。けれども彼はそれをやらない。

それどころか、エスペリオン内で〝そういうこと〟は誰もやらない。外界の破滅的状況、そしてところどころに仕掛けられた監視カメラ……こういう環境では、気が引けるのも無理はない。けれどそれ以上に催眠術士としてのプライドがあるのだろう。先ほどパイも言っていたが、感情操作系の催眠は恥ずべき行為なのだ。

「皆、試験のためにガンガン動いていますね、福太郎君」

「う、うん、そうだね。パイちゃんの課題はなんだった？」

「あら、それを言うなら福太郎君のも教えてください。不公平です」

君の大切にしている物を奪うのが目的、なんてことは口が裂けても言えない。建前の課題を考えておくべきだった。

「そ、それは……」

言い淀んでいると、彼女はうんうんと頷く。

「そうですよね。今は生徒同士も敵対しかねない状態。簡単に手の内は明かせないですよね、分かります」

「……」

微妙な沈黙が流れる。雰囲気がじわじわと重たくなっていく。

「俺の課題を教えてやろう」

そこで、僕とパイの間にぬっとイプシロンが現れた。

「ああ、イプシロン。また現れましたか。あなたに課題はないはずでは？」

「このエスペリオンの男共に、屈辱を味わわせることだ。それは俺の人生における永遠の課題だ」

「既に全員味わってますよ。みんな、あなたの顔も見たくないと陰で言ってます」

「ふん、常に見ているだろうによく言う。おい、パイ」

「何です？　私もあまりあなたと話をしたくないんですが」

「下着をよこせ。今着てるものをだ」

イプシロンが握り拳で殴られる。細い体躯にもかかわらず力強い動き。イプシロンは受け身も取れず無様に地面に転がる。痛快だったが、見ているこちらも何故か痛くなった。

「ぐっ……暴力とは。非常識だぞ」

「あなたに言われたくはないですね、イプシロン。いきなり下着をよこせなど、そちらの方が非常識です」

正論だった。イプシロンは僕の試験課題をどうにかしようと考えてくれたのかもしれないが、余計なお世話である。

「第一あなた、女性の下着に興味があるんですか？　今までの振る舞いを見ていて、女性に興味があるとは思えませんでしたが」

「俺としても不本意だが仕方ない。あの教員がお前の下着を持ってこいと言うのだから」

もう無茶苦茶である。

なんでそんなことをするんだ？　僕の課題を部分的にとはいえバラしにかかっているようにしか思えない。そして、先生がパイにどう思われてしまうかを考えないのだろうか。

微妙に嘘は言っていないところが、なおのことタチが悪い。

「何を言っているんです。先生がそんなことを言うはずがないでしょう」

「そうでもないぞ、なあリーダー」

「え？　あ、ああ……え」

急に話を振られて、言葉が出ない。その挙動が、不審なものに見えたのだろう。

「福太郎君のその反応……まさか、本当に？」

「い、いや、そんなことは」

「気になるなら福太郎に催眠をかけてみろ」

「ち、ちょ、やめてよ」

「『福太郎君、あなたは今から十分間、本当のことしか言えません』」

「やめてって！」

叫んでも遅い。彼女の透き通るような声が、耳を通して脳に直接働きかける。彼女のハイベルガーボイスによって、僕の思考能力がほんの一瞬麻痺した。

……。

講義で習ったことが、頭をよぎる。催眠状態の人間の脳波は一時的に周波数が落ちる。脳の行動や認知を司る主要ネットワーク、背側前帯状皮質の活動が低下する。今僕の脳内ではそういうことが起きているのだろう。言葉が優しい電流のように耳から頭蓋へ通り抜けていく。真の上級催眠とは脳に負担をかけず、違和感なく通るものらしいが、今回は……。

「う、うう」

少し頭がぼーっとする。催眠にかかっている確かな実感と、嘘を吐くことに対してひどい拒絶感がある。というより嘘を吐くという行動の取り方を忘れてしまったかのよう。試験中とはいえ、これは催眠術の悪用ではないのだろうか？

「もしイプシロンの言ったことが本当であるならば、由々しき事態です。先生に対しての警戒レベルを2ランク上げなければなりません。福太郎君、再度聞きます。イプシロンの言ったことは本当なのですか」

「あ、ある意味、本当です」

この状況で先生のフォローをすると、僕の課題が発覚する恐れがあった。だからそう答えるしかない。嘘は言っていない。

僕の言葉に、パイは苦虫をかみつぶしたような顔をする。そんな表情は初めて見た。イプシロンに対してさえしていない。

「くっ、なんて下劣。教員の中に、そのような虫が混ざっていたなんて」

僕は何も言えなかった。ここで僕の試験課題が露呈するのはまずい。心の中で先生に謝る。彼への誤解については、僕の催眠が解けてからにしよう。

とにもかくにも、これ以上何かを聞かれるとボロが出る。話題を変えなければ。

ふと、部屋の隅にあるテレビが目に入った。相も変わらず、ＥＧＯについてのニュースを報道していた。

「え、ＥＧＯ……まだ停滞してるみたいだね」

「福太郎君、私は先生の部屋に行こうと思います」

苦し紛れの僕の話題転換を、当然のように彼女は無視した。

「ち、ちょっと待って、その気持ちは分かるけど――『僕の話に付き合ってくれないかな』」

さりげなく出力を落としたハイベルガーボイスを使う。声色こそ微妙に異なるが、会話として不自然ではないため、彼女は僕がそれを使ったことに気付いていないだろう。

「いいですよ、どうかしましたか」

催眠と呼べるほどの強制力もないはずなのに、彼女は律儀にも立ち止まり聞き返してくれた。催眠耐性１は相変わらずである。

「必死だな、リーダー」

後ろで馬鹿野郎が茶々を入れてくる。そもそもはイプシロンのせいである。殺意が湧いたが、顔には出さない。

「いや、ほら……ＥＧＯ、ＥＧＯだよ。停滞してるよね」

「そうですね。世間にとっては、喜ばしいことでしょう」

言葉とは裏腹に、彼女の表情はまったく嬉しそうでない。無価値な物を見るかのように、テレビを一瞥する。僕が催眠をかけたせいではないだろう。

「パイちゃんは、EGOに興味がないの？」

「まさか。私は奴らに対抗するための遺伝子調整体なんですよ」

「そ、そうだよね。聞いたよ、イプシロンと同じ研究所にいたって」

「ええ。ですから私は少し……焦っています」

「焦る？」

「私とイプシロン以外の阿波第七研究所の遺伝子調整体は全員……もう高知絶対防衛線でEGOとやり合っていると聞きます。私よりずっと幼い子も……。なのに私はまだ、こんな施設で試験を受けている」

表情を崩さないまま、忌々しげに言葉を吐く。ガラス玉のように見える瞳だが、実際にはその奥に色々な感情が渦を巻いているのが分かった。

「私は鋼堂タケシのように、通常の人間として生まれてきたわけではないのです。だからこそ私は他の人より、自分の使命を重く感じる。EGOを殲滅《せんめつ》する。それだけが私の存在価値なのです。だから……この試験をすみやかに突破して、早く前線に出たい」

声こそ淡々としているが、話の内容には強い感情が発露している。彼女は単なる人形ではなく、自我があることが分かる。

だからこそ悲しい。感情のこもったその言葉は、とても十七歳の少女のものとは思えないほどに殺伐としていたからだ。

「君もイプシロンも、何だか普通の人より人間っぽいよね」

「そうですか？　そこでイプシロンを引き合いに出さないでほしいのですが」

「最初会った時のパイちゃんは本当に綺麗で、すごく神秘的で……遠い世界の住人って感じだった。デザインベビーって聞いて、やっぱりそうなんだって思った。でもこうして話をしてみると、そんなに遠い存在ではなかったんだなって実感した」

最高ランクの催眠力を持っているが、催眠には一番かかりやすい。そういうところもだ。

「どうしたんです？　外見のことを言われると、少し気になるのですが」

「ごめん、そんなつもりじゃなかったんだけど」

視線を落とすと、彼女の左腕に巻かれた銀色の細鎖が目に入った。

「ねえ、パイちゃん。その鎖、ずっと身に着けてるね」

鎖は特殊な金属で出来ているようで、遠くから見ても鈍い光を放っていることが分かる。

「ええ、人から頂いたものなんです。毎日磨いてるので、綺麗じゃありませんか？」

「そうなんだ、毎日……とても大切なものなんだね」

「ええ。ずっと大切にしているものです」

やはりそうだった。予想はしていたが、あの鎖こそが僕の試験課題の正体。

催眠内容がより具体的となった——今、『その鎖をよこせ』と彼女に催眠をかければ、容易《たやす》く手に入りそうだが……。

彼女はトランプゲームで催眠を受ける時に必ずあの鎖を握りしめていた。それ以外にも、何かにつけてあの鎖に触れることは多い。

「ねえ。もしかしてその鎖、ゲームの時とかにルーチンに組み込んでいない？」

かつてスポーツ選手などがよく実践していたとされるルーチン。毎回決まった行動を取ることによって、精神を安定した状態に持っていくことを目的としている。催眠術士にも、同様の概念があると聞いていた。

パイは舌を出して半笑いになった。妙にキュートな振る舞いだった。

「ばれましたか。ルーチン、とまではいかないんですけどね。これを握ってると心が落ち着くんです。白金の輝きは催眠術の効果を鈍らせる、という話、ご存知でした？　本当みたいですよ」

そんな話は初耳だ。狼男への銀の矢、ではあるまいし、オカルトの類のように思える。

既に一般人にとっては僕たちの存在がオカルトなのかもしれないが。

「実は私、これを着けてると催眠耐性が１上がるんです」

「えっ！」

衝撃の事実だった。白金にそれほどの力があったことに対してではない。それより、

「じゃあ、パイちゃんってその鎖が無いと、催眠耐性0なの？」

事実ならば、もはや一般人と同等のレベルである。催眠に全く対抗出来ない。

「恥ずかしながら。計測では整数値に換算されますから、1に近い0なのかもしれません

けど……だから誰にも言ってはいけませんよ。私とあなただけの秘密です」

そのすぐ後に嫌そうな顔で「そういえばイプシロンも知っていましたか」と溜息を吐く。

彼女に嘘を言っている様子はない。本来僕にさえ隠すべき事実を迂闊《うかつ》にも喋ってしまっ

たのは、軽く催眠にかかっているが故か。

話が本当ならば、そんな彼女のなけなしの催眠耐性を補塡《ほてん》しているアクセサリを無理に

奪えば、彼女の調子は崩れる可能性が極めて高い。元々催眠にかかりやすいのに、更にか

かりやすくなる。他人の本気のハイベルガーボイスを耳にしただけで、気絶しかねない状

態になるということだ。

「えへー」とほんの少しだけ頬を緩めながら、白銀色の鎖をさするパイ。

……奪えるのか、僕に。まさかそれ程までに重要なものだったとは。

自身の精神状態は催眠に大きな影響を及ぼす。彼女が無事に試験課題を終える可能性さ

え摘むことになる。

「そ、それは……大変だね。じゃあ、その鎖は無くしたり出来ないね」

「はい、もちろん。シャワールームでも一緒です」

どこまで思い入れのある品なのだろう。もしくは、この施設の催眠術士を警戒しているということなのか。

いやそれよりも……今なら会話として不自然ではない。

「ねえ、パイちゃん。『ちょっとその鎖、見せてくれないかな』」

先ほどと同様に、ほんの少しだけハイベルガーボイスを使う。気取《けど》られないレベルにまで出力を落とした状態だ。

だが予想外に、上手くいかなかった。

「え？　い、いえ……嫌です」

左手を庇うように半身になるパイ。僕の催眠は、仕掛けられたことにさえ気付いていないはずの彼女に通じなかった。

僕は手で顔を隠す。驚きの表情を止めることが出来ないでいた。

今の僕の催眠は、催眠耐性の低い彼女にも浸透する程度の力はあったはず。そもそも気軽なお願いに近い言葉だ。催眠を抜きにしても、この流れで断られるとは想定していなかった。他人に間近で見せることさえ、彼女にとって〝ありえないこと〟なのだ。

「ご、ごめんなさい。福太郎君のことを信用してないとかじゃなくて。あの、ちょっとこれ、磨きすぎて鏡ばりに反射するから、うっかり自己暗示しちゃうと危ないかなって」

「……それだったら、一番危ないのは普段身に着けてるパイちゃんでしょ。君に事故が起きてないなら、大丈夫だと思うけど」

「と、とにかく駄目です」

明確に拒否されてはどうしようもない。軽くとはいえ催眠をかけた負い目もある。これ以上の追及は出来ない。

しかし、何故か息苦しさを感じた。彼女に拒否された、という事実にどうも僕は衝撃を受けたらしい。

「そんなに大事な物なんだね。ごめん、僕も気軽に見せてって言っちゃって」

表向きは謝ってみるが、心はどこか虚ろ。次の言葉が出てこない。こういう時にこそイプシロンに場を荒らしてほしいのだが、奴は部屋の隅で寝ころんでいた。とことん役に立たない男だ。

「これ……〝友達〟からのもらいものなんです」

僕の様子を見て何を思ったのか、パイが語りだした。

「五年くらい前です。研究所にいた私は、ずっと一人でした。能力が劣っていた私は落ちこぼれ扱いで、職員にも相手にされていませんでした」

「五年前？　じゃあ、イプシロンもまだそこに」

「ええ、でも彼本人は今と変わらずああいう感じですし。……私、黙々と本を読むくらいしかすることがありませんでした。たまに実験に参加しても、良い結果を残せなくて失望されて。私より年下の子たちが自立していく中、私はどんどん置き去りにされていきました。だから、本当にずっと一人で――」

「……」

意外だった。今の彼女からは想像しづらい。元より僕には研究所の雰囲気自体がイメージ出来ない。僕と彼女では、根本から違うのだと、ここで実感した。

「でも、ある日突然、その子が現れたんです。どこかぼーっとしてるんですけど、純粋で、変なところで頑固で、けど笑っちゃうくらいに善良で。本ばかり読んでた私に、話しかけてくれた。私の知らない、色んな話をしてくれた。その子は、私以上に催眠術が全然使えなくって、私より酷い目に遭ってたみたいだけど。でも、私にはそんなこと一切話さないで……」

「鎖は、その子からもらったの？」

パイは一瞬逡巡《しゅんじゅん》するように目を瞑ったあと、呟く。

「これは遺品なんです。その子は〝消えてしまった〟」

「え……」

咄嗟に言葉が出てこない。消えた。それは、おそらく死んだ、ということ。何が原因で？　などと聞くことも出来ない。死因は恐らく、その研究施設固有の何かなのだろう。

「だから私はその子のためにも、自分の使命を果たさなければならない。私は私の役目をまっとうする。ＥＧＯを、この手で――。この鎖は、その決意を忘れないためのもの」

パイは改めて左手首に巻かれた鎖を握りしめる。今となっては、それが手首を縛りあげる拘束具のように見えてしまう。

「……そういった事情があったなんて知らなかった。その鎖を着ける本当の目的も」

「知らなくて当然です。今、初めて話しましたから。変ですね。普段はこんなにおしゃべりじゃないのに。福太郎君だからでしょうか」

不思議そうな顔をする彼女に、内心で謝る。意図せず、彼女の内面を知るきっかけを作ってしまった。

「本当に、ごめん。僕なんかが聞いていい話じゃなかったかもしれない」

「いえ、そんなことは……」

「でも……でも何でだろう。僕は、その話を聞いても——君に外の世界に行ってほしくないって、思った」

一瞬だけ、パイの眼が鋭く細まった気がした。

「どうしてです」

「君が、人間だから……そうとしか、言えない」

僕は彼女の過去になど、触れるべきでなかったのかもしれない。感情移入が更に深まってしまっている。

「いいえ。私は対ＥＧＯのために作られた存在。普通の人間じゃありません。ようやく研究者たちに認められてここまで来たんです。私は、外に出なければならない」

「パイちゃん……ＥＧＯがいる場所には行くべきでないと思う。まず心が耐えられる保障はない」

赤い月を思い出す。あのときの、周囲の人間の狂乱の声を。

「さっきから変なことを言いますね。怯えたりはしません。命をかける覚悟は出来ています。私が前線に立つのはそんなにおかしいことですか」

「……その鎖の元の持ち主は、君がＥＧＯと戦うことを望んでいたのかなって。どうしてか、そう思ったんだ。これこそ変な話だよね。僕はその子のこと、全然知らないのに」

「……」

パイは無言のまま、鎖を握りしめる。

「外の世界に行ってEGOと戦うのは――僕の方がいい。危険なことは、僕がやりたい。僕でいいんだ」

「EGOを倒すために生まれた私に対して、その言葉はどうかと思います」

「だって、本当はパイちゃんにも……色んな道がある。EGOと戦うための催眠術士だけじゃなくて、色んなことをやれるはずなんだ。そういう風にデザインされたからって、視野を狭めることはないと思う」

「私に催眠術士以外の道があると？　想像もつかないですね」

「引く手数多な職業は沢山あるよ。催眠術も、EGOに対してだけ使われるわけじゃない。医療催眠士《セラピスト》はどう？」

「興味がないですね。それに攻性に特化した私の催眠とは、相性が悪そうです」

「教師とか、保育士とかさ。どこも不足しているらしいよ。今さ、子供たちがとっても荒れてるんだって。鎮静させるのに、催眠は有効じゃないかな」

「子供への催眠は成長に悪影響がある、とする説もありますので、私はちょっと……。それに、人に物を教えるのは苦手です」

「後は、ほら。自分で家庭を持つとかさ。超少子化の時代だから、結構重要だよ」

自分で言っていて、少し恥ずかしくなる話題だった。けれど、この白髪の少女が家を守る姿というのは、何故か平穏をイメージさせる。

彼女が吹き出すのが見えた。そんな表情も出来るのか、と驚いたのは僕の方だった。

「面白い。この私に家庭を持てだなんて。冗談が上手だったんですね、福太郎君は……ん、冗談？」

そこで彼女は気付いたようだ。そう、僕は今〝真実しか言えない〟状態。他でもない彼女が催眠をかけたのだ。

「本心で、言ってるんですか」

「……」

彼女は椅子から立ち上がった。

「あまりいい気分ではないですね。あなたに……他でもないあなたの顔に、そういうことを言われるのは」

「ごめん、癇に障ったなら謝る」

「いいえ、あのような催眠をかけた私が悪いのです。失礼します。私も自分の試験課題の意味を考えなければいけませんから」

パイは振り返らずにレクレーションルーム②から出ていった。


ふう、と息を吐く。見ていただけのイプシロンが、声をかけてくる。

「らしくなく、よく喋ったな」

「本当のことを言うよう、催眠をかけられたからね。つい」

けれど、何だかんだで話を逸らすことには成功した。

「代わりに、パイとは微妙な雰囲気になったかもしれんがな」

「言うなよ……」

いつまでもここにいても仕方がないと思い、外に出ようとして気付く。レクレーションルームの入口には、何故か鋼堂タケシがいたのだ。

「こ、鋼堂。どうしてここに？」

鋼堂は腕を組んで目を瞑り、明らかに格好を付けている。泣きながら退出したあの情けない姿は見る影もない。

「うむ……少し冷静になっちまった」

「冷静って……」

「パイの催眠のせいだ。最初は感極まっちまったが、少し経ったら落ち着いた」

「そ、そうなんだ」

彼は確かに文字通り落ち着いており、随分と雰囲気が変わっていた。けれどこんなにも変わるものなのだろうか、大人びた、を通り越し一気に年をとったかのよう。元々老けた顔だとは思っていたが、幼稚な性格で帳消しになっていたのだろうか。

「調子はどうだ。お前に関しては、本部は無茶な試験課題は出さないと思うが」

何を根拠に言ってるのか分からない。僕にとってはなかなかに無茶な課題である。

「特段、調子はよくないよ。けど、そっちもそうなんでしょ。全員にトランプゲームで勝つって……それ、何回挑戦してもOKなの？」

「ああ、OKだ」

よかった。試験開始早々に落第では、あまりに不憫《ふびん》だ。

「恐らく、最も手ごわいのはRになる。あいつはああ見えて、勝負事には強いからな」

「いや、それ以前にパイちゃんに負けてんじゃん」

「あれは俺が大人げないことを繰り返したせいだ。神妙に戦えば勝つこともあるだろ」

打って変わって、自分の非をも分析している鋼堂。本当にどうしたというのだろう。この男も試験には相当の覚悟を持っていたと記憶している。その理由がふと気になった。

「鋼堂はどうしてそんなに試験に通りたいの？　何かなりたい職があるとか？」

「俺の家は大家族でな。弟と妹が五人いるんだが、皆未成年だ。俺が稼いで家に金を入れんと生きていけない。対ＥＧＯ催眠術士の報酬は莫大だ。だから俺が前線に出れば、あいつらに楽をさせてやれる」

「けど、お金が目的なら、別にわざわざ危険な前線に出なくても、他に色々と手段があるんじゃない？」

「催眠術士の色々な手段って言ったら、きたねえ詐欺しか俺には思いつかねえな」

医療催眠士《セラピスト》の話をするつもりだったのだが、彼の言うことも間違いではない。二十一世紀初頭では、実際に催眠詐欺で荒稼ぎした人間もいたらしい。

「けど、そんなだせえ真似はしたくねえ。俺は催眠術をそういうことのために学んできたわけじゃない。こんなご時世だ。正当な手段で金を手に入れねえと、日本そのものが干上がっちまう。この力は、正しいことのために使いたい。――力に溺れた行動ほど見苦しいものはない。まあ、お前にそれを言っても仕方ないのかもしれんが」

「僕だって、変なことに能力を使いたくはないよ。ＥＧＯは許せない存在だ。催眠術を本気で使うのなら、それはＥＧＯに対してだけでいい」

「……かつての〝あいつ〟と同じことを言うんだな、お前は」

何故か黙って僕の顔を見る。その奥にあるものを見通すように。

「それが本当にお前から出た言葉なら……なあ、リーダー。お前は——いや、いい」

鋼堂は頭を振った。ちらついた考えを振り払うような素振りだった。

「明日が勝負だな。死人が出るような催眠を、誰かが使わないことを祈る」

「そんなこと、このエスペリオンの生徒はしないと思うけど」

「どうだかな。心配すべきは他人の催眠だけじゃない。昔、自らの弱気を克服するために、普段から自己暗示を繰り返す生徒がいた。試験前に過度な緊張に襲われたそいつは、より強力な自己暗示をかけ脳に深刻なダメージを負ってしまった」

「その話って……もしかして、エスペリオンの鏡が調整された原因じゃ」

「そいつは試験前日に他の生徒に言っていたらしい。『もし明日自分が倒れていたら、死んだものと思え』と。自らの状態を分かっていたんだろうな。それでいて全員の試験の邪魔はしたくなかった。結果として、そいつは試験中に人格破綻が起きて自殺した。気付いてやれなかった俺の責任でもある」

「……気の毒な話だね。でも別に鋼堂の責任ってわけじゃ」

「何を背負い込むかは人の勝手だ。……いや俺が言いたいのはそこじゃない。何が起きるか分からないのが試験、ってことだ。敵は他の生徒だけじゃない、己自身も含まれる。俺も、殺し殺される覚悟をもって明日に挑む」

「物騒なことばかり言わないでよ。そんな事件があったんだから、さすがに本部ももう催眠術士が潰れるような課題は出さないと思う。でないと、その人が浮かばれない」

鋼堂は目を伏せ、何かを考える素振りを見せた後、背を向けた。

「……お前はエスペリオンを信じすぎている。明日誰かの死体が転がってても、同じことが言えるのか……見させてもらうぞ、リーダー」

らしくもなく重たい台詞を残し、その場から早足で離れていく鋼堂。

本当にらしくない。その変貌ぶりこそ試験の危険性を物語っているように思えた。

「殺し殺される覚悟、か」

一人呟く。

しかし鋼堂。その話を聞くと、ますます僕は君を試験に受からせたくなくなった。試験に通れば彼はリスクの高い前線に行くという。もし鋼堂が死んだら、残された家族はなんて思うだろう。きっと金よりも彼の命の方を惜しむはずだ。

前線に出るなら僕の方だ。

僕に家族なんて、もういないのだから。

部屋に戻る。白いベッドに寝転がるが、特に眠気は湧かない。目は冴えて仕方なかった。……パイに馬鹿正直に色々言いすぎたな、と反省する。いや、催眠をかけられていたのだから仕方がなかったのだけれど、明日、何だか顔を合わせづらくなってしまった。

◆

イプシロンが含み笑いをしながらベッドに近づいてくる。

「落ち込む必要はないぞ、リーダー。話はまた進展したじゃないか」

「イプシロン……お前、本当は分かってたんじゃないのか。彼女の鎖のこと」

「鎖？　そりゃ毎日してるんだから目には入っていたが」

とても白々しい態度で僕から目を背ける。笑っていない時のイプシロンは、嘘を吐いていることが多い。

「とぼけるなよ。彼女、それを五年前に大事な友達からもらったって言ってた。五年前っていったら、お前もその研究所にいた時期じゃないか。あの鎖が大事なものだって、お前知ってたんだろ」

「ふん」と鼻を鳴らされる。ほんの一瞬だけ、眼に普段と別の感情が宿った気がした。だが、それもすぐに消える。

「あんな鎖に、まだあいつが執着してるのは意外だった。てっきり惰性《だせい》で着けてたと思ってたんだがな。お前に触らせもしなかった時点で相当だ。今からでも遅くないぞ、下着狙いに切り替えないか」

「ここまで来たらその方が難易度が高いだろう。もしかしてお前……僕にあの鎖を狙ってほしくないのか」

「おいおい、勘違いするなよ。そうじゃない」

大げさにおどけて見せるイプシロン。

「俺はお前のサポーターといっても、どこまで助けるべきなのかは難しいところなんだ。あまりに情報を渡しすぎると〝不平等〟だろう？」

監視カメラに向かってポーズを取っている。その行動に意味があるのだろうか。

「なあ、イプシロン。教えてくれないか。パイちゃんの友達のことを。そのくらいだったら、ルール違反じゃないだろ」

「お前も相当変わっているな。そんなことを聞いてどうなる？　本当にパイに惚れたか？」

「……」

「これだから青臭い奴は惚れっぽくて困る。まあ、いいだろう。俺も全てを知ってるわけではないが。

——五年前、俺は幼い研究対象たちに破廉恥《はれんち》な知識を教えたとして、懲罰房に入れられていた。俺はそこから何とか脱出をしようと、更に破廉恥な行為を……」

「いやイプシロン、お前の話はいいんだ。パイちゃんの話を頼む」

「関係ないこともないんだがな」

「その友達の名前は？　性別とかも」

「名前はミュー。性別は恐らく男」

恐らく、とはどういうことなのか。外見からは判別しづらい容姿ということか。

「当時のパイはふてくされていてな。一人になるために職員にまで催眠をかけて蔵書室に引き籠もっていた問題児だった。幼い術士が反抗期に入ると面倒なことになるとはよく言うが、あいつはその典型だな」

「も、問題児？」

彼女に直接聞いた時とは、まったく異なるイメージを抱く。

「ミューは、パイをそこから引きずり出すために生まれた存在だ」

「生まれた？　え？」

「研究施設だ、そういうこともある。それもある種の実験だったんだろうな。

とにもかくにも、ミューのパイへのコンタクトは上手くいった。……だが、そう長くは続かなかったな。実験の失敗によって、ミューはこの世から消失した。パイは随分と落ち込んだようだ。後に残ったのはあの鎖だけ。元々ミューの行動を制限する手枷《てかせ》だったんだが、パイはそれをアクセサリのように腕輪に変えやがった。あいつがEGOを倒す、外に出る、と言いだしたのはそれからだ。ミューの死にEGOが関係したわけじゃないが、せめてもの手向《たむ》けとしたいのだろう」

「……」

阿波第七研究所という場所では、そんなにも気軽に命が作られ、消えていくのだろうか。

「ミューは、お前によく似ているんだ。リーダー」

「似ている？　僕に？　外見が？」

「まああそれもあるが……変なところで頑固で、馬鹿みたいに善良なところとかな」

「じゃあもしかしてパイちゃんが、出会ってからすぐに何かと僕の世話を焼いてくれてたのって」

「重ねていたのかもしれないな、お前とミューを。ミューはパイに言ったらしい。〝君には色んな道がある〟とかなんとか」

「それって」

「ああ、今日お前が言った台詞と近い。……あいつ自身、今日は色んなことを思い出しただろうな」

最後に見た彼女の表情は、怒っているような、泣いているような、複数の感情が混ざった色をしていた。彼女は僕の台詞に、何を見たのだろう。

「僕は……無神経だったかな」

「さあな。あいつが怒るのは筋違いだし、お前が気にするのはお門違いだ。今日のことはもういい。お前が考えるべきは、どうやってあの鎖を奪うかだ」

パンパン、とペンでホワイトボードを叩くイプシロン。感傷に浸る時間も無い。

「〝鎖をよこせ〟と全力で〝命令〟の催眠をかければ、お前の催眠力2とパイの催眠耐性1——1の差により、鎖を奪うことは出来るだろう。だが、基本的に命令の有効時間は短い。催眠状態が長く続くかは、かかった本人の意思次第だ。解ければ、奴も鎖を奪い返しにあらゆる手段を尽くすだろう。催眠の有効時間が勝負の肝となる。

もしくは認識変換の催眠でいくか、だな。これなら上手くハマれば試験終了まで続く。ぱっと浮かぶのは〝お前は鎖を外したくて仕方ない〟だが、弱いな。外したとしても、ポケットに入れてずっと所持していそうだ。〝お前は鎖がムカデに見える〟はどうだ。あいつ、虫が苦手でな。これなら鎖を自分から捨てるだろうし、取り返しにお前を襲うこともあるまい」

「よくそんな催眠、思いつくね」

若干、人格を疑う。イプシロンはさも心外であるように肩をすくめる。

「甘い男だ。お前、パイに催眠をかける気が失せているだろう」

「……否定はしない」

「これだからお前にミューの話なんてしたくなかったんだ。なら、パイの部屋に鎖を盗みに入るっていうのはどうだ？　誰が盗んだのか分からなければ、取り返すにも時間がかかる」

どうやらイプシロンはとことんダーティーな戦法が好きらしい。分かっていたことだが、僕たちは徹底的に人格の相性が悪い。

「手段は問わないと、あのクソ教師も言っていただろう」

「僕に女子の部屋に行って、泥棒してこいって言うのか。無理だよ。たとえ倫理を無視したとしてもね。個人の私室は全て強固な電子ロックがかかっている。僕に解錠技術はない。それともイプシロン、お前にはあるのか」

スッと、イプシロンが棚から鉄鎖を取り出した。馬鹿か、警報が鳴るわ。

「やるとしたら、パイちゃんが部屋の中にいるときに、インターフォン越しに〝扉を開けて〟と催眠をかけて侵入する。そして〝君は眠くて仕方ない〟ともう一度催眠をかけて、その隙に盗んで帰る、ってところだけど……絶対すぐに僕が犯人だって気付くと思うよ」

不自然さの塊のような一連の行動だ。〝眠れ〟と催眠をかけられて朝起きて鎖が無いことに気付けば、真っ先に僕を疑うのは自明の理。

「〝お前には部屋に鍵をかける習慣がない〟とか、そういう催眠を日中にかけて、部屋を出てった隙に侵入するのはどうだ？」

「だからそういう催眠をかけたっていう事実は、彼女の頭に残るから……もう僕が泥棒するねって宣言してるようなもんだよ。会話に違和感なく紛れ込ませるのも、文言的に不可能だし」

気付けば早口で話していた。イプシロンは呆れ顔で鼻をほじっている。

「お前って奴はさっきから。本当、パイに気付かれないようにどうにかしようって考えてるな。戦略としてじゃなくあくまで感情論で」

「彼女の試験の邪魔はしたくないんだ。鎖を奪ったら彼女の催眠耐性は更に落ちるって聞いた。きっと、試験では不利になる」

「お前は奴に、試験に通って外に出てほしくないんだろう？　なら好都合じゃないか」

「でも……僕が原因で、っていうのは嫌なんだ」

我儘《エゴ》だってことは分かっている。けれども、やりたくないことは出来ない。

「イプシロン、僕にとってもパイちゃんにとっても初めての試験なんだ。出来れば――皆が納得いく形で、卒業したい」

「……くく」

イプシロンが嗤う。ただただくだらないと。

「昔、似たようなことを言っていた生徒がいた。ミューもそうだが、そいつもお前によく似ている」

「鋼堂にも同じようなことを言われたよ。その人は卒業できたの？」

「ああ。結局卒業出来たのはそいつだけ。そしてＥＧＯと戦う前線を希望した。今でもそいつはＥＧＯと戦ってるだろうよ」

天井を見ながら遠い目をするイプシロン。その視線が、監視カメラを捉える。

「〝あいつ〟の試験課題はもう少し陰湿だったけどな。いや実際、これまでもいやらしい試験課題は多かった。エスペリオンは、お前たち生徒の悩む姿を見るのが大層お好きらしい」

「人によると思うけどね。スパッと他人のことを気にせず催眠かける奴だったら、試験も速攻で終わらせられるんだと思う」

そしてそれが出来ないからこそ、僕の試験課題はこれなのだ。

「そうでもないぞリーダー。そんな催眠術士は、存外少ない。皆、倫理や道徳が好きな奴らばかりだからな。このエスペリオンに催眠を悪用しようという者は、今も昔もいなかった。強い力を持つと、人というのは案外力に溺れないのか——もしくは、そういう人間にしかハイベルガーボイスは与えられないのか」

「そうか……一理ある。だとしたらイプシロンに催眠術が使えないのは、つまりそういうことなんだね」

ふん、とイプシロンが鼻を鳴らす。精一杯の皮肉のつもりだったが、何故かその頬は緩んでいた。こいつの考えていることは分からない。

結局、その日は良い案が出ることもなく、ただイプシロンと間抜けな会話を繰り広げるに終わった。

床につくと、すぐに意識がぼんやりとしてくる。体から魂が抜け出て行きそうだ。今日はそこまで催眠を使ったわけでもないのに、どうして。

自分が自分で無くなりそうな感覚。僕はそれが少し怖くなって、ついイプシロンに本心を語ってしまった。

「ねえ、イプシロン」

「なんだ」

「僕は……そこまでして、卒業したいのかな。自分でも分からなくなってきたよ」

「ここは居心地がいいか？」

「居心地、か。いや、僕はそういう気持ちでここにいるわけじゃ……」

なかったはずなんだけど。

「お前が何を選ぼうと自由だ。ただ、吾妻福太郎は両親の復讐のために催眠術士を目指した。……お前のルーツを、忘れるな」

「……」

赤の夢を思い出す。僕は悲劇を目の当たりにした。それは間違いない。だが、あの夢よりも自分には大事な物があるような、そんな気がするのだ。少なくとも、今は。

パイの存在を考える。彼女と赤い月が交差する。ＥＧＯによる攻撃が彼女に迫るイメージが浮かぶ。

それだけはどうしても駄目だ。嫌だ。

彼女が外に出るくらいなら、僕が――。

◇

宙に浮くような感覚だが、〝自分〟は確かに存在していた。

誰も観測出来ない。誰も理解出来ない。接触さえ出来ない。

没入しているが、自我が消えたわけではない。確かに〝自分〟はここにいた。

日中にいた、レクレーションルーム①。光のないその場所に、人間が二人いた。

誰なのかは〝読み取れない〟。何かを話している。強い言葉だが内容は知覚出来ない。

片方の人間が倒れた。動かない。もう一人のせいなのか。しかし何をしたのかも分からない。不確定な情報の中で物事を隠蔽しようとするのならば、それを〝自分〟は把握出来ない。誰が、何を、どうして〝自分〟に対して隠そうとしているのか。

『最もよい復讐の方法は、自分まで同じような行為をしないことだ』

何故か、そのような言葉が頭に浮かんだ。ある偉人の至言。その誰かが口にしたのかもしれない。

◆

インターフォンの音で目が覚めた。はっきりしていない頭で、電話を取る。

「福太郎君ですか⁉　私です、パイです！」

随分と慌てているようだ。普段から冷静な彼女らしくない荒れた声。

だんだんと頭がはっきりしてくる。彼女が何を言っているのか、明瞭になってくる。

――どうやら、鋼堂タケシが殺害されたらしい。

PART. 2

レクレーションルーム①には、先生以外の全員が揃っていた。真っ白い部屋。全員揃ってもなお、狭いどころか広さを感じる三十畳ほどのスペース。

その中央が、真っ赤に染まっていた。

「ど、どうなってるんだ？」

入口で杖を片手に立ちつくすR王子に問う。彼は元々白い肌だが、今はより一層青白くなっていた。

「ぼ、僕にも何が起きたのか……何故こうなったのか、全然わからなくて」

室内に入る。換気扇が効いているせいか、無臭だった。

中央に駆け寄ると、そこには紛れもない鋼堂タケシがいた。仰向けの状態で、まるで眠っているように穏やかな表情をしたまま、ピクリとも動かない。

胸にはナイフ。銀色の刃が、深々と突き刺さっていた。血が溢れかえり、床に直径一メートルほど広がっている。

近くではパイが片膝をつき、鋼堂の腕を触り、胸に手のひらをかざし、衣服を引っ張るなどしていた。

「……間違いなく、死んでいるわ」

「うっ……」

死体。目の前にあるのは死体。

自覚すると、途端に吐き気がこみあげてきた。死体をこんな間近で見るのは久々だ。しかもつい昨日話をした同級生の死体を直接見るなんて……。

思い出す。黒い怪物EGOの触手に踏みつぶされていく人々の姿。捻じれた骨と臓物が常時飛び散る世界。崩れた瓦礫に潰され、まるでシャーベットのようになる骸《むくろ》。赤黒い終末。泣き叫び発狂する人間の姿を見て、思考回路を持たないはずのEGOが笑っている。

死体死体死体死体死体。

「福太郎君、気をしっかり」

ハッと、パイの言葉で現実に戻る。そうだ。女の子の前で情けない姿は見せられない。

落ち着かなければ。

「だ、大丈夫。でも、どうしてこんなことに……」

「恐らく私が第一発見者です。朝八時にここを訪れたとき、既に室内はこんな感じでした」

第一発見者なら、心を整理する時間が十分あったのかもしれない。彼女は死体を前にしてもいつも通り淡々と話している。

「ナイフが刺さっているこの状況。明らかにこれは――殺人です」

「さ、殺人」

言葉にされて改めて実感する。確かにそう。この状況、鋼堂タケシは誰かに殺されたとしか思えない。

エスペリオン内部で、殺人が起きてしまった。外部との行き来が出来ない、この場所で。

それはつまり……犯人も、この中にいるということ。

思わず立ち上がる。

振り返ると、イプシロンがいた。

「うああ、タケシ……うあああああ！」

イプシロンは泣いていた。まるで昨日の鋼堂のように「うっうっ」と嗚咽しながら、顔を手で覆っていた。

「タケシ、タケシ……ああああああ」

大泣きしていた。この状況においてそれは別に異常な行動とまでは言わないが……イプシロンがやると不気味だ。奴は脇目も振らずに泣きわめくようなキャラクターではない。加えてイプシロンと鋼堂は、そこまでの関係性では決してない。鋼堂は普段から奴のことをダニ扱いしていたのに。

僕とパイはイプシロンについて触れない。

改めて、鋼堂タケシの遺体を見直す。

——鋼堂。昨日、話をしたばかりだったのに。外の世界に出る前にこんなところで死んでしまうなんて、こいつも悔しかっただろう。残された家族は、どうなるのか。今までは鋼堂が学園に在籍することによってもらえる国からの給付金で生活していたのだろうが、これからは……。考えれば考えるほど、心が沈んでいく。

「ほ、本当に、死んでいるの？」

背後から、恐る恐るR王子が近づいてきた。彼もこういった状況は初めてなのだろう。

「ああ、間違いなく死んでる。残念だけど」

「う、嘘……」

王子が鋼堂の体に触れる。その冷たさに、驚いていた。

「そ、そんな。こんなこと、ここまでやるなんて……僕、聞いてないのに。どうして」

王子が啞然としている。

どうして。

それは僕も聞きたい、鋼堂は何故殺されたのか。これもこのエスペリオンの試験だとでもいうのだろうか？　誰かの試験課題に、鋼堂の殺害が含まれていた？　それともこの殺人事件自体が本当の試験課題？

かぶりを振る。馬鹿な、ふざけてる。いくら超法規的機関とはいえ、そこまでやるだろうか。そもそも催眠術士の絶対数を減らすなんて、国の目的にそぐわないにも程がある。

……では何でこんなことが起きた？

鋼堂の表情は存外安らかだった。普段は眉間にしわが寄っているくせに、目を瞑った顔は穏やか。胸に突き刺さったナイフとあたりに満ちる血液さえなければ、眠っているようにさえ見える。刺されたのにどうしてこのような表情が出来るのだろう。

しゃがんで赤黒い血液に触れる。既に固体化し床にこびりついている。血液は空気に触れればものの数分で凝固が始まるが、この固さは一、二時間のものではない。僕はパイを見た。

「私じゃないですよ」

そんなことは分かっている。こういう時は第一発見者が最も怪しいと言われているが、少なくとも今朝がた殺された死体ではない。

「昨日の夜に殺された可能性が高いですね。少なくとも二十時以降」

「二十時以降？」

「昨日の二十時近くに、私が食堂で鋼堂君を見ています。あなたと一緒でしたよね、R君」

「え、ええ。確かに、僕はタケシとご飯を食べました……」

「となると、それ以降の時間に鋼堂は殺されたのか。最後に鋼堂と一緒にいたのは？」

僕は周囲を見渡した。R王子がおずおずと前に出た。

「ぼ、僕でしょうね。夕飯を食べたあと、食堂から出てそのままバイバイしたんですが……タケシを見たのはそれが最後です」

「鋼堂が部屋に戻ったのは確認した？」

「さ、さすがにそこまでは。僕たちの部屋と違って、タケシの部屋はほら……離れてるし」

その通りだった。鋼堂の部屋だけ他の生徒に比べて離れた場所にある。室内に入ったかどうか、王子の部屋の入口からは確認出来ないだろう。

「それが、二十一時くらい……です」

「そっか。他に、それ以降で鋼堂を見た人はいる？」

もう一度周囲を見る。何故かイプシロンが手を上げた。さっきまで泣いてたくせに。

「俺は昨日、鋼堂タケシのことを考えながら眠った。夢の世界で出会った気がする」

「他に、いるかな？」

パイが腕を組みながら口を開く。

「私は二十時以降は見ていません。福太郎君は？　昨日の夜は、食堂にも来ませんでしたが……昨日はどこにいました？」

「……寝てた。なんか疲れちゃってね。そういえば、夕飯も食べてない」

「そう……ということはイプシロンも同じく？」

「うん、あいつも寝てたと思うけど……」

ちらりと、イプシロンを見る。奴は何故か憤慨した表情でこちらを指差す。

「お前のせいだ……お前がパイなんかにうつつを抜かしていたから、タケシは！」

あまりにもこの空気にそぐわない僕への糾弾に、違う意味で血の気が引いた。こんな状況でふざけるなんて、どうかしている。いや、イプシロンは元からどうかしていたか。

「イプシロン、真面目に答えてください」

見るに堪えなかったのか、パイがイプシロンに詰め寄る。声質からして怒っていた。

「お、俺と鋼堂タケシの関係ですか？」

誰もそんなことは聞いていない。

「俺とタケシは、親友です。いやそれ以上の……」

「聞いた私が間違いでした。少し黙っていてください」

イプシロンはしゃがみ、鋼堂の顔を指でつつき始めた。徹底的にふざけるつもりらしい。

いや、イプシロンのことはもういい。目の前の事件のことを考えよう。

鋼堂の胸に刺さっているナイフを見る。以前食堂で調理した時に、見た覚えがある。これは厨房にあるペティナイフだ。厳密には包丁。非常に切れ味がよさそうだ。

ペティナイフは厨房の棚に数本置かれていた。一本無くなっていても、誰も気づかないだろう。皆、自分で調理したりはしない。

「そういえば、昨日鋼堂は妙なことを言っていた。まるで今日誰かが死ぬことを予期していたみたいだった」

「奇遇ですね。私も似たようなことを言われました。〝自分は明日、殺されているかもしれない〟と」

R王子を見た。

「ぼ、僕も……。〝自分に明日、何かあったら〟って。タケシはあれで、変に心配症なところがあるから……いつものことだと思って、聞き流してたんだけど」

全員が、鋼堂からそういう類の話を聞いている。偶然ではない。間違いなく鋼堂は今日何かが起こることを想定していた。想定していたのに……殺されてしまった。

まるで分からない。彼には狙われるような何かがあったのだろうか。心当たりがあるとすれば、試験だけだ。

「どうしたのです?」

それまでに無かった声がした。先生がレクレーションルームに入ってくる。いつもと変わらない眼鏡に、白いローブの姿。そして、どこかうさんくさい微笑み。

これでエスペリオン内の全員が揃ったことになる。死体を含めて。

「……」

何故かパイは、険しい目で先生を睨んでいた。

「あ、やばい」

思わず呟く。そういえば、彼女は先生のことを〝下着が目的の人〟なのだと誤解している。今日に至ってまで、その誤解は健在なのではないだろうか。

「ん？　ああ……鋼堂君が倒れていますね」

血まみれの鋼堂を見ても、先生に動じた様子はない。まるでこの事態とは不釣り合いな台詞。

「倒れているって、あなた……！」

パイがグッと拳を握る。状況が状況だけに彼女も気が立っている。

「せ、先生。さすがにそれは」

R王子も、窘めるような眼で先生を見る。焦燥《しょうそう》しているように見えた。

僕は前に出て、状況を説明することにした。このメンツの中で冷静に話が出来るのは自分しかいないようだ。

「ふむふむ」

先生は僕の話を聞いても、まったく動じた様子はない。

ぐるりと周囲を見渡した後、鋼堂の体をまさぐり、次に床に流れる血液にも触れた。

「し、写真とか、撮った方がいいんでしょうか」

「いいえ、それには及びません」

僕の質問に即座に反応するあたり、先生は寝ぼけているわけではないらしい。

「では警察は……来るのでしょうか」

「警察？　そんなもの、来るわけないでしょう。ＥＧＯの侵攻停止による作戦変更の対応に忙しいでしょうし、そもそもこのエスペリオン内部は一種の治外法権が適用されます。警察は介入出来ません。上の老人たちがうるさいですからね」

　ではどうやって捜査をするというのだろう。

「捜査？」

　僕の当然の疑問に対して、先生は理解できないというような表情をする。

　どうしてだろう。この人は死体を前に、まるで笑い、い、い、をこらえるような顔をしている。

「そんなものは、このエスペリオンの中の人間で行えばいいでしょう」

「ぼ、僕たちがやるんですか」

　ええ、と即答される。冗談で言っているわけではないようだった。

「まあ、道理だな。身内の不始末は身内で片づけるべきだ。特にこんなご時世じゃあな」

「イプシロン、いたのですか」

　今日初めてまともなことを喋ったかと思えば、イプシロンは先生に賛同するような発言をする。

　僕は改めて周囲を見回した。パイは厳しい視線を先生と死体に向けている。Ｒ王子は所在なげにきょろきょろと周囲をうかがっている。みんな特別先生に意見する様子はない。

ここではそれが普通なのか？

「自分たちで捜査することに懐疑的なようですね、リーダー君は。話を聞いてると、君たちは既に〝自分たちが昨夜何をしていたか〟を質問し合っていたようではないですか」

「そ、それはそうなのですが」

先生の態度が腑に落ちない。どうしてこんなにも冷静なのだろう。まるで死体が発生したことが当然であるかのような振る舞い。エスペリオン内で死体が発生することは、日常茶飯事だとでも言うのだろうか。

「動じているようですね、リーダー君」

「そ、それは当然。だって、昨日まで話していた生徒が……死んで……」

「日本の希望であるあなたたち催眠術士が、この程度のことで動揺しないでほしいですね。外の世界に出れば、これ以上に人の死が蔓延《まんえん》しているというのに」

「こ、この程度って……！　先生は悲しくないのですか！　自分の生徒なのに！」

「悲しいですよ。ですが、その感情をここで表に出すべきではないと判断しているだけです。イプシロンの方がまだ冷静なようですね」

イプシロンは冷静というよりおかしいだけだ。そう思って僕は奴に目を向けた。

――イプシロンは、鋼堂のズボンを脱がしにかかっていた。ガチャガチャとベルトをいじっている。

「こ、こら！」

先生もさすがにその行動は無視できなかったのか、珍しく慌てた様子でイプシロンを止める。

「何やってるんですか！」

「先生！　しかし　しかし……！」

何が「しかし」なのか意味不明だった。引っ張っても止まらないイプシロンを、先生は思いっきり突き飛ばした。「うおお」とイプシロンが地面に転がる。見ているこっちが痛い。

先生は、気を取り直すように眼鏡をかけ直した。何事もなかったと言いたげに続ける。

「ですが、他でもないあなたがそこまで人の死に敏感であるとは……ね」

「どういうことです？」

「どうもこうも……」

先生がちらりと王子を見た。一瞬目が合ったが、王子はすぐに目を逸らす。

「ではお望みの捜査を行いましょうか？　と言っても、一瞬で終わりそうですがね」

「な、何故です？」

「あなたたちの話を総括します。鋼堂君のこの感じ、確かに殺害時刻は昨日の夕方以降でしょう。そしてR君が別れたのを最後に、以降は誰も鋼堂君を見ていない」

非常に情報は少ない。実際には、分からないことが多すぎると分かっただけだ。

「もうお気付きでしょうが、念のため言っておきます。

このエスペリオンはとあるビルの高層を貸し切っています。簡単に外に出入りすることは出来ません。下の階とは繋がっておらず、この階層に来るには上階を通る必要がありますす。実は購買の奥に扉があるのですが、三重にロックされているため上階にいる本部職員でさえ解錠は不可能です。例外は、新しい生徒が転入するときと、卒業者が現れたときだけ。それ以外で開かれた場合は警報が鳴ります。普段は日用品が通せる程度の小窓だけが開かれていますが、到底人間は通れません。

外壁は非常に強固で、ある程度の爆撃にも耐えられる程。ご存知の通り窓は一つもありません。ですから外部の人間はおろか、本部職員の侵入さえありえません。もし侵入があったとしても、すぐに発覚します。もちろん、そんな事実はありませんでした。

昨日と今日、このエスペリオン施設にいたのはここにいるメンツだけ。——犯人は、この中にいるということです」

「……」

「自殺という線は？」

　パイが初めて口を挟む。その問いを先生は想定していたようだ。

「首吊り等ならともかく、ここまで盛大な自殺というのは考えづらいですね。自分の胸にナイフを刺す、というのは想像以上に苦痛を伴う。わざわざそんな手段を選ぶ理由が不明ですし、彼の手を見てください」

　鋼堂は大の字になって倒れている。手は両腕とも放り出されており、血まみれ。肘から先は肌色の部分が見当たらないほどだ。

「出血は刺突の瞬間起きます。普通自分でナイフを刺したら、ナイフを強く握っている両手に血がつくはずがありません。ですが彼の両手は隙間なく血が付着している。刺された後に胸を触った可能性が高い。引き抜こうとしたのかもしれませんね。自殺ならそのようなことが起きるはずがありません。それに遺書なども無いですし……いや、彼の部屋にはあるかもしれませんね。後でロックは外しておきましょう。まあ無いとは思いますが」

　分かっていた。見る限り自殺の線はない。先生も言っていたが、こんな盛大な自殺はないだろう。

「殺人ですね、間違いなく。リーダー君もパイさんも……現実から逃げてはいけません」

「……先生は昨夜、何をしていたのです」

意趣返しのつもりなのか。パイが怪訝そうな表情を隠さずに聞く。

「そう、そこですよ。そこなんです。だから、先ほど捜査はすぐに終わると言ったのです」

「分かったから早く言えよ」

冗長と感じたのか、イプシロンがうんざりしていた。

「イプシロン、あなたは黙っていてください」

「だったら早く始めろ。飽きるだろうが」

「分かっていますよ。昨日の深夜一時、僕はトイレに行くために部屋を出ました。そこで見たのですよ」

先生が僕を指差す。優しげな顔を崩さずに、彼は言った。

「――レクレーションルームに入る、吾妻福太郎の姿を」

「！」

周囲の視線が、全てこちらに向く。

指差された自分自身が、驚く。

「え？　僕⁉　そ、そんなわけがない！」

けれど先生は怯まない。

「もう一度言います。僕は君がレクレーションルームに入っていく姿を見ています」

「馬鹿な！」

当然ながら僕にそのような記憶はない。

「せ、先生の見間違いでしょう！」

「いいえ、間違いなく吾妻福太郎の姿です」

真っ直ぐに先生は僕を見据える。誤っているのは自分の方だと、一瞬錯覚しかけた。

「イプシロン！　一緒の部屋にいたお前なら知ってるだろ！」

イプシロンはふざけることさえせず、どうでもよさそうな顔で「知らん、寝てたし」と答えた。こいつ、こういうときだけ……！

「福太郎君。本当に外に出ていないのですか？　トイレにも？」

パイが聞いてくる。即座に「出ていない」と答えた。

「先生は福太郎君がレクレーションルームに入った後、すぐ部屋に戻ったのですか？」

「いいえ、一応何をしているのかを確認しに行きました。レクレーションルーム①の中には鋼堂君もいて、二人は何かを話しているようでした。それを確認して、僕は部屋に戻りました。……別に深夜にレクレーションルームで何をしようと生徒の自由ですから。特別校則で縛られているわけでもないので、咎めることも無いと判断しました」

淡々と話す。だが何度も言うが、誓って僕にそのような記憶はない。

「な、何かの間違いだ！　あなたは嘘を吐いている！」

思わず、地面を踏み叩いた。ダンという音が響く。

「嘘など吐いていません、裏付けの証拠もありますよ。そうですね、R君」

先生は冷淡な表情を王子に向ける。

「……」

王子は答えず、下を向いた。

どうして彼が？　確かにR王子は先ほどから様子がおかしい。小動物のように縮こまっている。いくら死体が目の前にあるとはいえ態度が変だ。

「何か知ってるのですか？　R君」

「……」

パイの問いにも、彼は答えない。

「知っていますよ、彼は。R君、君も証言すべきでしょう」

「先生……僕は……そこまでは」

答えにくそうに顔を歪める。何かに耐えるように、杖を強い力で握っていた。

「言いなさい、R君。先に進めないでしょう」

「……う……確かに、僕も見ました。レクレーションルーム①に入る吾妻福太郎の姿を」

驚く、というよりもはや愕然とした。

僕を見た？　R王子も？　この場にいる五人のうち、二人が僕の姿を見ている？　そんな……そんなことがあるだろうか。

失礼な話だが、先生が嘘を吐くなら分かる。この人にはどこか必要とあらば平気で嘘を吐きそうな感じがある。しかし王子は違う、冗談でも嘘を吐く姿を見た覚えがない。

「僕がレクレーションルーム①の様子を見に行ったとき、R君とはその場で会いましたからね。彼もトイレに行くつもりだったようです」

「お、王子。さっき鋼堂の姿は夕食のとき以降見ていないって」

「う、うん。僕はタケシの姿は見ていない。吾妻殿がレクレーションルーム①に入るところしか、見ていない」

苦しそうな表情。まるで言ってはいけないことを言ってるかのよう。

「ほら、リーダー君。君が深夜一時にレクレーションルームで鋼堂君と会ったのは間違いないようです。そうなると、この場で最も怪しいのは君ということになります。というより、もうそれしかないでしょう。さっさと認めては？」

脳内を疑問符が埋める。

どういうことだ？　僕は、本当はレクレーションルーム①に入ったのか？　鋼堂を殺したという、不都合な記憶を忘却しただけ？　僕は確かに鋼堂によく絡まれていたが、殺す程に憎んでいただろうか？

そういえば……夢を見た気がする。ぼんやりとして、宙に浮いたような夢を。あれはまさか……。

「――何か変ですね」

淀んだ意識に、澄んだ声が響いた。パイだった。

「変、とは？」

「この状況、雰囲気。表現出来ない歪《いびつ》さを感じます。話がトントン拍子に進みすぎている……それを一言で表すと〝変〟ということになります」

「変で構わないでしょう。状況証拠は出揃った。この中で最も疑わしいのはその彼、というだけの話」

「先生は色々な可能性を無視しています」

「と言うと？」

「――まず、先生とR君が二人して嘘を吐いている可能性」

催眠術を使われたわけでもないのに、彼女の声は頭蓋の中へと染み込み、僕の頭を癒していく。思考がまた回転し出してくれた。そうだ、まだ僕がやったと決まったわけではない。パイの背中に真っ白の翼が見えた。

「二人が事前に口裏を合わせて、深夜一時に福太郎君を見たと嘘を吐く。その可能性を無視しています」

「僕たちがそのようなことをする理由は？」

「もちろん、本当はあなたたち二人が犯人であり、それを隠そうとしているから」

天使は真顔で恐ろしいことを口にしていた。

「面白いことを言いますね。僕たちに彼を殺す理由があると？」

「それは福太郎君にとっても同じでしょう」

「ふむ」

先生がR王子に視線を向ける。王子も不安そうな顔で先生を見返した。

「ではR君。キミ、僕に催眠をかけてください」

「え……？」

「内容はこうです。〝あなたは一時間、真実しか語る気が起きない〟」

「そ、そんな」

先生の発言に、当のR王子が驚く。催眠をそんなことに使うなんて、と。

だが合理的だ。それならば二人は嘘を吐けない。まさに催眠術士の学校、エスペリオンならではのやり方だろう。

「確かに、良い手段ですね」

パイも同じことを考えていたのか賛同する。

「ほ、本当にいいのですか、先生」

「問題ありません。R君、あなたの催眠力は3、僕の催眠耐性は2。間違いなく、催眠はハマるでしょう」

「い、いえ……そういうことではなく」

「……気にしすぎですよ。躊躇することはありません。我々は嘘など吐いていないのですから」

「……わ、分かりました。では……『あなたは一時間、真実しか語る気が起きない』」

R王子がハイベルガーボイスを使う。透明な声は、まるで世界に染み込んでいくかのよう。聞いたこちらも催眠にかかりかねない。僕たち催眠術士は、同じ術士が本気でハイベルガーボイスを使えばそれがそうだと分かる。特に催眠力2以上となると、明らかに声質が変わるからだ。

見れば、パイは耳を塞いでいた。催眠術は術士が定めた相手にしか効果はないと言われているが、催眠耐性1の彼女にとって、催眠力3の王子のハイベルガーボイスは耳に入れるだけで脳髄を痺れさせてしまうのだろう。

先生の方も催眠が効きすぎたのか。ふらつき、頭を押さえて後ろへ下がる。

「う、うぅ、あ、R君。君の催眠は……効きますね」

「す、すみません」

先生は目を閉じてじっとしていたが、数刻の後に姿勢を整える。

「……。さあ、パイさん。これで僕は真実しか話せません。何でも聞いてください」

「好きな子の名前を言え」

黙っていたイプシロンが間に入ってくる。こいつは……。

「……」

先生が黙る。なるほど、都合が悪いことは黙ればいいのか。言葉にしてしまうと真実しか言えないのだから。

「ちょっとイプシロン。後ろに下がっててください」

「俺のことをどう思っている？　毎日俺のことを考えてないか？」

パイが制止するが、聞く気はないらしい。いずれの内容も下劣だった。

「考えてます。嫌いだからです。重要な局面で邪魔ばかりして……死ねばいいのに、と毎日思っています」

先生が急に躊躇いなく答え出した。聞いているこっちが焦る。それは言ってもいいのだろうか、仮にも教員なのに。

イプシロンは「ふん」と鼻を鳴らして引っ込んだ。もしかしたら少しショックだったのかもしれない。

気を取り直して、パイが改めて先生に話しかける。

「では先生、正式に問います。あなたは本当に、昨日……厳密には今日ですね、深夜一時に吾妻福太郎を見たのですか」

「間違いなく、昨夜一時に吾妻福太郎はこのレクレーションルーム①にいました」

「え!?」

僕は思わず声を上げる。

先生は逡巡することなく、先ほどと同じ言葉を返していた。

「僕は本当に、吾妻福太郎が鋼堂君をこういう状態にした原因だと思っています」

催眠はかかっている。そのはずなのに……続けた言葉には淀みがない。先生は本気で言っている。本当にこの場所で僕を見たというのか。

パイは考え込むように顎に手を置いた。

「正しく催眠にかかっているのですか？」

「僕は間違いなくかかっています。あなたも、ハイベルガーボイスとそれ以外の言語の違いくらいは分かるはず」

「……」

さすがに彼女も怯んだようだった。僕の顔を一瞥する。

いや違う。僕は犯人ではない。

「私が先生に催眠をかけるべきでした」

「かけ直すのは勘弁願いたいですね。脳への負担が大きそうです。特にパイさんのは」

「……」

「まだ納得できないようですね」

パイはそれでも訝しげな視線を崩さない。何かを思いついたように、先生がポンと両手を合わせた。

「ではR君。君も協力してくれませんか」

「ぼ、僕ですか」

「ええ。君も催眠にかかってください。僕にかけたのと同じように」

王子もそれは抵抗があるのか、「え……」と呟いて後ずさる。

「僕たちの中では吾妻福太郎が犯人ということで確定しているのですが、パイさんは納得してくれないようです。君も〝真実を語っている〟ということが証明できれば彼女も理解してくれるでしょう」

「せ、先生、けど……いいのですか？　し、真実しか言えないなんて、そんな……」

R王子は下を向いて、杖の先を地面に擦りつけていた。

「僕からはR君に催眠はかけられません。彼の耐性は、イプシロンを除けばこのエスペリオン最高の3ランクですからね。彼に催眠をかけられるのはパイさん、あなただけです」

「……了解しました」

パイが、R王子に対して一歩進む。ひっ、と王子が目を瞑った。普段の王子はこのような情けない振る舞いはしないのだが、鋼堂の死がそれだけ彼の精神に傷を与えてしまっているのか。

「R君、ごめんなさい。私にはどうしても、そこにいる福太郎君が犯人とは思えないのです」

「パイちゃん……」

昨日怒らせてしまったのに、そのようなことを言ってくれるなんて。

「……わ、分かりました」

彼女の真剣さが伝わったのか、嫌がっていた王子が渋々了承する。パイが目を瞑り、手をかざした。それが本気を出す時の彼女が行う、催眠術のルーチンなのだろう。

「では……『あなたは一時間、真実のみを話しなさい』」

彼女のハイベルガーボイスが空間に響く。僕は咄嗟に耳を塞いだ。耐性ランク3の王子に対してだから彼女は全力だ。心を落ち着かせるとは真逆の、暴風のような声。それは耳を塞いでも、眩暈《めまい》を引き起こす。脳が一気に休眠状態まで引き下げられる感覚。人によっては立ってもいられないだろう。

しかもパイは、ここぞとばかりに〝命令〟を使った。有効時間こそ短くなるが、命令を使われた対象は、通常の催眠より一層強い義務感が発生する。

「くっ……まったく、容赦がないですね」

頭を押さえて、王子が片目だけでパイを見る。

「申しわけないです、R君。では、早速始めましょう。あなたも福太郎君が犯行を行ったと本当に思っているのですか」

「……は、はい。吾妻福太郎が犯人で、間違いないと思っています」

「昨夜、福太郎君を見たというのは真実なのですか」

「昨夜一時に吾妻福太郎を見ています。彼は間違いなく、このレクレーションルーム①に入っていきました」

予想していたことだ。冷静に考えれば、王子は元々嘘を吐いたり殺人に加担したりするような人物でもない。催眠にかかる前から彼は真実を語っていたと、僕は半ば確信していた。

だからこそ腑に落ちない。

どうして、彼らはそのようなことを言うのだろう。

――答えはたった一つ。このエスペリオンという施設特有の現象。

催眠術、しか考えられない。

「その吾妻福太郎というのは、〝精神的〟な話ですか？　それとも〝肉体的〟な話？」

「両方です。精神的にも肉体的にも、紛れもなく〝吾妻福太郎〟です。会話内容も覚えていますから」

「そ、そんな……」

僕よりもパイの方が驚いているようだった。彼女に対し申しわけない気持ちになる。せっかく僕のことを信じて催眠術まで使ってくれたのに。

「この人殺しが！」

暗然とする僕に対して、イプシロンが唐突に吐き捨ててくる。僕のサポーターはこちらを庇う気はないようだった。

先生の方は、勝ち誇ったような表情で僕たちを見た。

「これで決まりましたね。鋼堂タケシを殺害したのは吾妻福太郎です」

それでもパイは食い下がる。

「ま、待って！　まだいくつも疑問があります。まず返り血の問題です。ナイフによる刺殺ならば、間違いなく犯人は返り血を浴びているはず。血の付いた衣類は個人の部屋にあるはずです」

そうだ。朝のことを思い出す。僕の部屋にそんな衣類はなかったし、手のひらは汚れてさえもいなかった。

「そんなもの、トイレのゴミ箱……ダストボックスに捨てればいいでしょう。焼却システムに直接繋がっているので痕跡は無くなります。トイレに監視カメラはありませんから」

ぐうの音も出ない。都合のいいことに、トイレはレクレーションルームのすぐ隣にある。だからトイレにやってきたR王子の目撃証言も信憑性があるのだ。くそ、トイレくらい個人の部屋に付けておいてほしい。あと、この施設のゴミ箱はどうして直接焼却炉に繋がってるんだ？　全てが自分に対して都合が悪く構成されているような気がしてくる。

「……そもそも監視カメラで昨日の状態を見れば、全てが明らかになるのでは？」

「監視カメラは各部屋の内部には設置されていますが、廊下には設置されていません。そして……」

先生はこのレクリエーションルーム①の監視カメラの〝あった場所〟を指差した。ついこの間まであったはずの監視カメラが取り外されていた。

「この部屋のカメラだけ、今は修理中です」

「そんな無茶苦茶な！」

さすがに声を出さずにはいられなかった。都合が良すぎるにも程がある。

先生は無表情で言い返す。

「むしろ、カメラがないからこそこの場所で事に及んだ、という方が筋が通るでしょう」

「いや、何で廊下にカメラ設置してねえんだよ。個人の部屋より先にそっちに設置しろよ、カス」

イプシロンが珍しくまともなことを言う。先生は先ほどのこともあってか、彼のことは徹底して無視するようだった。

埒が明かない。この状況、僕に不利であることは明白だ。

「先生」

最後の質問をすることにした。はっきりさせなければいけないことがある。

「――僕が催眠にかかっている、ということはありますか？」

「今回の事件に関しては、分かりません」

先生は無慈悲に言い切った。

「それを言い出したら、僕やR君もかかっているかもしれない。キリが無くなってしまう。この状況が現実に起きているのかどうかでさえ……。鮮明なる現実というものをはっきりさせるために、ここには催眠にかからないイプシロンがいるのですが……この有様ですからね」

イプシロンを見る。鼻をほじっていた。

「そういうなよ、クソ教師。俺にもさすがに誰がどういう催眠にかかっているか、なんてことは分からないが、お前らが言い合ってることは〝ふーん〟って聞いてるぜ。俺の視点から明言出来るのは、この会話は現実に存在してるし、別に誰も狂っちゃいないっていうことだ。〝全員倒錯していて妄想を抱いた者同士が語ってる〟なんてことはない。

福太郎が催眠にかかっているかは、俺には分からん。一つ言えるのは、俺が一緒にいた限りではそんな催眠をかけられてる様子はなかった、ってことだな」

微妙に僕に不利になるようなことを発言するイプシロン。言葉自体は真実なのだろう、こいつが嘘を吐く理由はない。

ただ、今のやり取りによって、先生が僕に対して〝催眠をかけて鋼堂を殺させた〟という線が薄くなった。何故ならその場合だと、先ほどの僕の質問に対して先生が「分かりません」と答えられるはずがないからだ。

「ちなみに、どうせ君たちは僕が自己暗示をかけている可能性も考えているのでしょう。〝昨日あなたは深夜に吾妻福太郎を見た〟という催眠を自分にかける。確かにそれなら、真実しか言えない催眠をかけられていたとしても、先刻のような受け答えが可能です」

鏡を使って自分で自分に催眠をかけることは可能だ。自分の催眠力が、自分の催眠耐性以上であればいい。これを自己暗示と言う。それはここにいる全員が可能だ。部屋の鏡は曇っているものの、目を近づければかけられない程ではない。それに購買に依頼すれば小さな手鏡くらいは手に入るだろう。

「先ほども言いましたが、私は自己暗示をかけていません。そのような覚えさえありません」

断言する先生。彼にとって真実なのは間違いないが、僕らにとっても真実と言えるのか。もし自己暗示をかけたことさえ忘れるような催眠をかけているとしたら？　……駄目だ、先生の言う通りだ。〝キリがない〟。

何より、R王子の言動の説明がつかない。彼まで自己暗示をかけているというのだろうか？　二人揃って用意周到に？　そこまでやるのか？

「そういうことです、リーダー君。捜査と呼べる行動はこの辺で終了でしょう。警察の介入はありません。あなたが逮捕される、ということはないのだから、いいではないですか」

「いや、だからって――」

「確固たる証拠がないのは事実ではありますが、〝この場で最も怪しい者〟というだけで十分です。仕方ないのです、我々個人では指紋を検出する術さえもない。科学的な証拠は作れない。その分、今回の件はペナルティで済むでしょう。ええ、鋼堂君がこうなった以上、この事件は僕から上に報告しますが、厳密には実験事故とでも片づけられることになると思います」

「じ、実験事故……？」

「はい。君たちはつい忘れがちですが……催眠術ですよ。催眠術を学んでいるのです。やり方次第では世界を滅ぼすことだって出来てしまいます」

催眠術。今でこそEGOへの唯一の対抗手段という側面のみが強く着目されているが――

——実際、それは神にも悪魔にもなれる力。

故に僕たちは倫理感というものを大事にしなければならない。〝催眠術は、悪用してはならない〟。極めてシンプルな道徳観念にして、人間性を保つためのボーダーライン。でも……だからこそ、人殺しなんていう重大事件には厳しく当たるべきでないのか。

「そうなんですけどね。その話を突き詰めると、あなたたち……いや僕たちの存在そのものが罪ということになる。

たとえばパイさんがリーダー君に〝死んじゃえ〟とうっかりハイベルガーボイスを使っただけで大惨事が起きてしまうのです。いつ起動するか分からない爆弾たちが転がっているのがこのエスペリオン、死者が出ることなど珍しくはありません。ですから君たちには倫理の講義を何度も行っています。エスペリオンは殺人程度で動じはしません。ここは催眠術を学ぶ場。〝何が起きてもおかしくはない〟のです。リーダー君も言っていましたが、あなたが催眠術で操られて鋼堂君を殺した可能性はあります。しかしですよ——もし本当にそうだった場合、その罪はどこにあるのです？」

「それは……」

催眠をかけた「誰か」にあるのではないか。だが実際に手を下したのは僕。ならば……。

「催眠術は本人が絶対にしたくないことは、ランク差が1あったとしても出来ないようになっています。逆に心の中に少しでもそうしたいという意識があれば、低レベルの催眠でも実行しかねない。

ならば実行犯にも、それなりの罪がある。とはいえ、そう言われても納得できないでしょう？　だからこそ、このエスペリオンは警察に介入されることがないのです。どこまでも治外法権を貫いていける。日本の六法全書に、催眠術に関する項目はないのだから」

「いや、あるらしいぞ」とイプシロンが口を挟んだが、無視した。

「だから、エスペリオンの本部が僕たちを裁くのですか」

「あくまでペナルティです。学園への入学手続きの際に誰かがお話ししたかと思いますが、基本的には全て〝自己責任〟です。何が起きても、全ては個人の責任。自分も催眠術が扱える以上、催眠をかけられても文句は言えない。結果的に催眠をかけられ死んでしまっても、それは催眠耐性の低いその人の責任。

今回は、このような状況を招いた鋼堂君の問題でもあります。彼は弱かった、と一言で終わらせることだって出来る。

ペナルティというのは……君がもし本当に殺人を犯したのなら、その規則違反に対してのもの。誰かに催眠をかけられて実行したのなら催眠耐性の低さに対して。たとえ別の要因で罪を擦りつけられていたとしても、機転の利かない君への罰則となるのです。

君たちがいずれ出る外の世界は、想像以上にシビアな環境なのです。甘えたことは言わず、覚悟を持ってここで過ごしていただきたい」

「……」

芯が通っていないようで筋は通っていた。加えて先生は真実しか言えない催眠にかかっている。彼は本心から言っているのだ。

けれど何故だ？　どうしてか僕は、先生がはぐらかしていると感じた。何かを隠しているような不一致さ。具体的に表現できないことがもどかしい。

「さ、この件はこれで終わりです。お、わ、りです」

パンパンと手を叩く先生。そのような態度で僕たちが納得するはずがない、分かったうえでやっているのだろう。いくらエスペリオンの内部で片を付けたいにしても、こんなにも早く終わらせる必要があるのか？　もっと時間をかけて調べてもいいのではないか。

「鋼堂君は僕の方でどうにかしておきます。さ、あなたたちの試験はまだ続いているのですから、決して油断しないように」

違和感だらけの言動。先生はこんなに無遠慮な人だっただろうか。彼は何かを知っている？　知っていて秘匿している？　どうやって催眠をかいくぐった？　犯人はまさか……先生なのか？　もしくは……誰かを、庇っている？　疑念の乱流が脳を埋める。

「これで終わりになんて、出来るわけがないでしょう」

僕より先んじてパイが口を開いた。

「先生、まず監視カメラについて皆でチェックすることを進言します。肝心のこの部屋にカメラが無いとはいえ、他の場所の状況を見るだけでも、大分違うと思います」

そうだ、たとえば僕の部屋の状況を見てもらえれば、また判断は変わると思う。

「図書室にある視聴覚室……その更に奥に部屋がありますよね？　あそこでカメラの内容をチェック出来るのではないですか？」

「コントロールルームですか。却下します。システムを動かす権限がありません」

「け、権限がない？」

「はい。何か勘違いしているようですが、監視カメラのシステムを管理しているのは僕ではなく、本部の上位者です。視聴覚室の奥の部屋は、厳密にはデータ経由施設ですが、確かにカメラの映像を見ることは出来ます。余程のことが発生したら、あそこで映像を見せてくれると聞いてはいますが、未だかつてそのようなことはありませんでした。僕もほとんど入ったことはないのです。〝この程度〟のことで、あの部屋での映像内容チェックの稟議が通るとは思えません」

そんなことがありえるのだろうか。今こそ監視カメラが活きる時だ、ここで使わずしてどうするのだろう。けれど今の状態の先生が言うからには紛れも無い真実。

　そういえば先生の部屋にも監視カメラがあった。彼も監視される対象ということだ。教員はエスペリオンの中でも地位が低いのだろうか？

「では、監視カメラは何のためにあるのです？　本部は何もしてくれないのですか」

「カメラも何だかんだで死角が多いので気休めの部分があります。本部には何も期待しない方がいいですよ。殺人が起きたとしても、我々が事件にどのような対処をするのか、そちらを見ることを優先するでしょう」

「……」

　さしものパイも黙る。厳格で精密な法が無い代わりに、あなたたちで自由に対処しなさい。そのようなエスペリオンの目に見えないメッセージさえ感じる。

「待ってください、先生。僕はどうしても、自分がやったとは思えません」

「そうですか。けれど催眠術を主体とするこの学園では、証明出来る術がありません。記憶も罪の所在も曖昧にしてしまう催眠のせいで、如何な事象が起きてもおかしくはない。だから君にも大したペナルティは課せられないでしょう。それでも納得できないのですか？」

「はい。もう一度言います。どうしても自分がやったとは思えない。――そして、この事件を明確にすることが不可能だとも思えない。僕に時間をくれませんか？　再捜査する時間を」

「それは構いませんが……今も絶賛、試験期間中です」

「試験も同時にやります」

「たとえあなたが犯人でないということが分かったとしても、明確な証拠を手にすることは難しいと思いますよ。催眠という技術に痕跡は残らないのだから」

「それでも、やります。このままでは納得出来ない……出来るはずもない」

「たかが殺人事件で、あなたは本気なんですね」

「あれだけ倫理の講義をやってたのに〝たかが殺人〟なんて、おかしいですよ先生。僕は一人の人間が死んだことを、なあなあで終わらせたくはない」

「リーダー君がそんなことを言うとは、意外です。それならば、どうして……」

先生はずれた眼鏡をかけ直す。僕はおかしいことを言っただろうか。紛れもない正真正銘の僕の意思だ。

「それではどうぞご自由に。真実しか話せない状態はつらいので、僕は先に部屋に戻っていますね。では鋼堂君はこのままにしておきます」

入口へと向かおうとする先生を、パイが引き止める。

「——先生、私も彼に協力します」

「どうぞご勝手に。ですが試験の期限は明日だということを忘れないように」

先生は再び入口へと向かうが、僕は追いすがるように声をかけた。

「先生！」

「もう、なんですか？」

「先生……この事件、あなたがやったのではないのですか？」

僕の失礼極まりない発言に対して、先生は一拍置いた後。

「——この事件の犯人は生徒四人の中の誰かです。教師ではない」

能面のような表情のまま、今度こそ退出した。

「ご、ごめん、僕も……」

R王子もこの場にいては気まずいと思ったのか、もしくは鋼堂の死体をこれ以上見ていたくないのか。僕と目を合わせることなく、杖を使ってゆっくりと出ていった。自分の発言に自信があるのならば、後ろめたいことはないはず。なのに余所余所しさは最後まで消えていない。やはり彼も何かを隠している。

僕とパイは無言のまま、違和感にまみれた二人を見送る。

これでレクレーションルームには、生きている人間は僕とパイ、おまけでイプシロンだけとなった。

「ありがとう、パイちゃん」

「何がです？」

「何だかんだで、僕のことを信じてくれて」

彼女にしては珍しく、照れたように目を逸らした。右手で左手の鎖を握りしめている。

「私としても、どうしてもあなたが鋼堂君を殺害したとは思えませんでしたから」

「そんなに？」

「はい。私を前線に出したくないとか、そんなことを本心から言えるお人好しが人殺しなんて……理屈に合わない」

「……」

そういえば昨日は色々とあったか。頬を搔く。僕の方も気恥ずかしくなってきた。

「さっきも言いましたが、私も協力しますよ。このままではすっきりしませんから」

「ありがとう、本当に助かる」

一人で捜査をするのは心細い。この状況で自分を信じてくれる人がいる、というのは何より精神的な支えになる。催眠にかかったわけでもないのにパイがまるで天使に見えていた。

「お前ら、青春しててんじゃねえぞ」

イプシロンがやじを飛ばすように、寝ころびながら腕を振り回している。僕は目を合わせないようにした。

「一丁前にシカトかよ、おい。リーダーには殺人の疑いがかかってるんだろうが。さっさと行動した方がいいんじゃないのか」

彼にしてはまともな発言だった。つい先刻「この人殺しが！」と僕をこき下ろした奴と同一人物だとは思えない。

「確かにその通りですね、イプシロン。ところで、そんなことを口出ししてくるということは協力してくれるのですか？　あなた、さっきは福太郎君にとって微妙に不利になるようなことを言ってたでしょう」

「嘘を吐いたらより一層不利になるだろう、色々考えてはいるさ。これでもこいつの案内係だからな。俺も今回の件には噛ませてもらうぜ。あの教員を名乗るクソに一泡吹かせてやりたいからな」

白髪の少年はにやりと笑った。

「お前、鋼堂のこと好きだったんだろ？　その仇討ちがしたいんじゃないのか」

「ふん、仇討ちねえ。もしそうなら、どうする？」

ちらり、とイプシロンが鋼堂を見た。こいつも何を考えてるのか分からないが、彼が死んで悲しいのは事実なのではないか。いつも鋼堂のことをいじくり倒していたことを思い出す。

「仇討ちは、あんまり推奨できないよ。雑念が混じって視野が狭くなる。捜査に支障が出そうだ」

「両親の仇討ちのために催眠術を学ぶお前らしくない発言だな」

「そうなのですか？　福太郎君」

「い、いや、そういうわけじゃ……」

パイには知られたくない話だった。取り繕《つくろ》おうとして、しかしすぐに言葉が出てこない。

「心配するな。俺にそんな複雑な感情はない。純粋にサポートしてやるよ」

心配だらけである。ここ数日でイプシロンがまともにサポートしてくれた例はあまり無い。むしろ邪魔しかされていないような気さえしてきた。

「この恩知らずが。要所要所でこの俺が相の手を入れてやってるから、飽きずにお前はここにいるんだろうが」

不服そうにしているが、とにもかくにもこいつが死体のズボンを脱がそうとする程の阿呆だということを忘れてはいけない。決して油断出来ない男だ。

「意外ですね、イプシロン。あなたが他人の手伝いをするとは」

「楽しませてやらんと、それこそ何が起きるか分からんからな」

白髪の二人が並び揃う。二人とも怒るだろうから口にこそしないが、まるで兄妹のような独特な雰囲気が出ている。同じ施設にいた者同士だからだろう。

「それを言うならお前こそ意外だな、パイ。お前はあまり他人に肩入れしない人間だろう。いつも澄ました顔をしてるくせに、今回はどうしたんだ」

「ええ……本当なら他人に貸しも借りも作らないスタンスなのですが、今回は特別です」

「ふん、リーダーを哀れだと思ったか」

「いくらなんでも今回の件は妙にも程があります。前々から変な施設だとは思っていましたが、違和感ここに極まれりですね。お気付きだと思いますが、先生は明らかに福太郎君に罪を擦りつけようとしていました」

「うん……今日の先生、おかしかったよね」

やはりパイも同じ感想を抱いていた。R王子の言動の異質さも気になる。

「そう、R君がどうして先生に協力しているのかが分かりません」

「……やっぱり協力なのかな」

「もしあの変態教師が本当の犯人だった場合は、協力で間違いないな」

イプシロンは妙に自信があるようだった。

「以前、わざわざホワイトボードに書いてまで説明してやっただろう」

福太郎　：催眠力２　耐性２
パイ　　：催眠力４　耐性１
Ｒ王子　：催眠力３　耐性３
タケシ　：催眠力３　耐性２
先生　　：催眠力２　耐性２

「Ｒの催眠耐性は３。俺を除けばエスペリオンの最高値だ。だがクソ教師の催眠力は２、奴ではＲに催眠をかけることは出来ない。催眠によって強制された行動ではないわけだ。Ｒは奴に自発的に協力していることになる」

「そのパターンだと確かにイプシロンの言う通りです。が、そもそもＲ君が殺人に協力するということが信じられませんね。三ヵ月しかここにいない私が言うのもアレですが、悪質な事件に加担するような人物には、どうしても思えないのです」

「パイに同感だ。Ｒは王子、立場的にもそんなことには協力しないだろう。そう、余程のことが無ければな」

「余程のことが起きたと言いたいのですか、あなたは？」

「さあな。何にせよ、教員が犯人の場合はRの発言がネックになる」

その通りだ。今イプシロンが言った理由から、先生がR王子を催眠で強制的に従えているということはない。

先生が〝僕を見た〟と自己暗示をかけて真実しか言えない催眠をしのいだのだとしても、その後でR王子が僕を見たと証言するのはおかしい。王子も真実しか言えない状態なのに、僕を無理矢理犯人に仕立て上げようとしていることになる。

ロジック的にはR王子の存在が、先生を守っているように思えた。

〝――この事件の犯人は生徒四人の中の誰かです。教師ではない――〟

あの言葉は真実なのだろうか？

「おいリーダー。他にも様々なパターンがあるだろう。先公ばかり疑ってても視野が狭くなる」

「うん……まあ、それ以外のパターンだと、僕としてはあまり歓迎できないケースなんだけど――まずは、僕が犯人である可能性」

「もちろん私はないと信じていますが……福太郎君が催眠術をかけられて、無意識に鋼堂君を殺してしまった、という可能性はありますね」

自分の手のひらを見る。この手で鋼堂を殺害していた——とても怖い仮定だが想定せざるをえないだろう。心の準備はしておかないといけない。

「それはどうだろうな」

意外にもイプシロンがこのパターンに意見してきた。

「あいつらの話の中であっただろう。吾妻福太郎は鋼堂タケシと会話をしていたようだったと。会話が出来ていたのなら、少なくともそれなりの意識を持っていたということだ。だったら催眠状態にあったとしても、事実をちょっとは覚えているはず。

というか、殺人を無意識に行うことは至難の業だろう。タケシの方も抵抗するだろうしな、ふらふらとゾンビみたいに出向いたところで返り討ちに遭うのは目に見えている。リーダーが操られてタケシを殺害したとは思えないな」

確かに僕にはナイフを握ったという感覚すらない。けれど何故か宙に浮いていたような覚えはあるのだ。あれは……。

「その事実を忘れさせるような催眠を、後でかけられたのでは?」

「そこまで用意周到なら、どうにもならんな。だが普通の催眠だったら三日で解ける。計算上、明後日には記憶が浮上してしまう。そんな隙だらけのことをするかね」

「一理あります。よかったですね、福太郎君。こうやって考えていくと、福太郎君が犯行を行った確率も大分低いように思えてきますよ」

気持ちを明るくさせようとしてくれているのか、パイが優しい声で言う。

「後は、自殺の可能性ですね」

「自殺？　でも先生も言ってたけど、鋼堂の手のひらには血が……」

「福太郎君は人が良すぎますよ、あの話もかなり無理矢理でした。もっともらしいことを言っていましたが、実際にはどうとでもなることです。上手く刺さり切らなかったから握り直した、とか。あの出血量なのですから、少しでもナイフから手を離せば即座に血液は付着します」

改めて鋼堂の死体を見た。凄絶《せいぜつ》な亡骸《なきがら》。とても自殺とは思えないが。

「タケシに限って自殺はないと信じたいが……誰かにこの場で死ぬよう事前に催眠をかけられていた可能性はあるな。そのケースだと、タケシは催眠に必死に抵抗した結果、何度も心臓に刺さりそうなナイフを持ち直し、結局催眠に負けて自害してしまったということになる。手には自らの血液がべっとりと付いたまま……。ふん、考えたくはないがありうるな」

想像力たくましいイプシロンだが、確かに無くは無い線だ。その推理力は先生たちの前で披露してほしかった。何でこいつはこっちが追い詰められてる時にこそ助けてくれないのだろう。それは僕の甘えか。

「このケースの場合、犯人は限られてくるな」

「どうして？　誰にでも可能じゃないのか？」

「いや、自殺を強制する催眠は非常に難易度が高い。生物は本能的に自害を避けるからな。生命の根源的無意識を変えるには、相当な催眠力が必要となる。元々死にたがってた奴ならともかく、タケシは生命力に溢れていた。そんな奴に対して、自害させるほどの強い〝命令〟をかけられるのは――そこの女だけだ」

思わずパイを見た。イプシロンの発言にも動じた様子はない。

「そろそろ言ってくると思ってましたよ、イプシロン。では、そのパターンについても話し合いましょうか」

「い、いやいいよ。パイちゃんが犯人のはずないじゃないか。犯人だったら、僕に協力したりしないでしょ」

「分かりませんよ。あなたたちが核心に近づかないように、監視する目的でここにいるのかもしれません」

わざと悪びれてみせるパイ。既にそんな発言をしている時点で、彼女が犯人であるとは思えない。

「もしパイちゃんが鋼堂の自殺を促したんだとしたら、王子と先生が僕を犯人だって言い張るのも変だよ。自殺は自殺のまま処理させればいいんだから」

「甘いな、リーダーは。だが……俺から振っといてなんだが、俺もこいつが犯人とは考えづらい。論理的に考えるとリーダーが言う通り、犯人ならあの時こいつを庇い立てるメリットが無かった。心理的にもだ。催眠術を人への攻撃手段とすることについては、昔からお前はうるさかったからな。いつの間にか主義が鞍替《くらが》えされていたんだとしたら、それはそれで面白いから別にいいんだが」

「あなたに変な想像をされるのも癪ですね、イプシロン。もっと手っ取り早く私が犯人でないと証明する手段がありますよ。ねえ、福太郎君。私に〝真実しか言えなくなる催眠〟をかけてください」

それが一番確実だと。彼らがかけられたものと同様の催眠を、自分にもかけろと言う。

「………いや、いいよ」

「どうしてです？　お手軽に信用を得られますよ」

「信用はそんな風に得るものじゃないよ。……僕は、君を信じてる。催眠なんて使わなくても、パイちゃんがそんなことをするはずがないって、僕はこの三カ月で確信している」

そうだ、信用や信頼は短絡的に得るものじゃない。育《はぐく》んでいくものなんだ。僕とパイの過ごした三ヵ月は、そういう意味で価値ある時間だった。——それを、たった一つの催眠で台無しになんてしたくない。

僕の言葉が意外だったのか、彼女は俯いてしまった。

「そ、そうですか。じ、じゃあ、私も福太郎君には真実しか言えない催眠なんて、かけません。……ええ、そうです。あなたが、人殺しなんてするはずがない」

「……」

彼女の言葉が純粋に嬉しかった。僕も照れくさくなって、下を向いた。今は顔を直視出来ない。

「いや、お前ら催眠かけあえよ。色々と怪しくなってくるだろうが」

残念なことに、ここには僕たちしかいないわけではなかった。

「い、イプシロン。今の話聞いてた？　さすがに空気が読めないにも程があるだろ」

「空気？　はん。空気そのものみたいな奴が何言ってんだ」

「え？」

僕は今罵《ののし》られたのか？　存在が空気に近いと罵られたのか？

「イプシロン。あなたは何が不服なのですか？」

「俺個人としてはどうでもいいんだが、〝見てる奴〟がどう思うかなんだよな」

イプシロンはブリッジのような体勢を取り、そのままぐるりと上半身だけを回転させる。

「本部のことを言っているのですか？　この状況を見ている人は誰もいません。ここにカメラはないのですよ」

そうだ、このレクレーションルーム①のカメラは撤去されている。

「ふん、そんなのは分からんぞ。今は二十二世紀。あんな露骨な機器を使わずに監視する手段もあるかもしれん」

「不安になることを言わないでください。ただでさえ個人の部屋にまでカメラが設置されてるのに。この施設の超絶的なプライバシーの侵害にはもううんざりなんです」

〝まったく、こんな施設だって知っていれば〟とぼそぼそ呟くパイ。その姿をイプシロンが見つめている。

「……お前たちは変だな。俺が催眠術を持ってたら、もっと自分のためだけに色んなことをしちまう。教員やRに屈辱を与えたりな。今回の件で言えば、リーダーの立場ならもっとガンガン催眠を使い倒せば、早期に事件の真相が分かっちまうかもしれん。でもそれをやらないんだよなあ、絶対にやらない。お前たちは妙に他人に気を使うから……」

「何が言いたいんだ、イプシロン。この場所で一番変なお前に、変と言われたくはないんだけど」

「俺なりの褒め言葉だ。お前たちは美しい、ってな」

上半身をぐるぐる回転させながら、真顔でイプシロンは言った。

「なあ、リーダー。お前は今回の事件の犯人が、催眠術を悪用するような存在だったら……どうするんだ」

先ほどから、イプシロンの様子が普段とは違う意味でおかしい。だが無視出来るような雰囲気でもなかった。

「もしそうだとしたら、許せないよ。催眠をそんな風に悪用するなんて、僕はどうしても許容できない」

大きな力を無闇に乱用することは、僕の中で悪と断定出来る。派手さこそ無いが、催眠術だって該当する。

「特異な強さで弱い者を蹂躙する——それはEGOと同じ行為だ」

「ふん、パイもそうなのか？」

「はい。私も福太郎君と同意見です」

「お前は昔からそういう正義感というものが強かったな。最強の催眠力を持ってるくせに」

「だからこそ、力に溺れてはいけないと思っていますよ。大きな力は、正しい物事のために使わないと」

僕たちの発言に何を思ったのか、イプシロンは「あぁー、あぁー」と言いながら、自分の首を絞める。

「ああ、美しいねえ。お前たちは似てる……こんなにも似てたのか。俺以上にお前はパイに似ていたのか。おい、是非ともその言葉を後で見返してほしいもんだ」

虚空に向かってわけの分からないことを話しながら、イプシロンが気持ち悪い動きを続ける。事件が起きてから不審な行動を取り続けている、という意味で最も怪しいのはイプシロンで間違いない。

パイも、汚い物を見るかのような視線を奴に送っている。

「なんだ、その目は」

イプシロンが不気味な体勢を止めた。

「とうとう俺の番か？　俺が犯人であるパターンの話か？」

「いやいいですよ、そのパターンは。あなたが犯人である確率は低いでしょう」

「ほう？　パイ、お前が俺を庇うとはな」

意外だった。パイのことだから、こいつのことは徹底的に攻め抜くと思ってたのに。

「俺はタケシを真に敬愛していたからな。タケシを殺すはずがない」

「いえ、あなたのそういうのとは一切関係ない理屈です。もしイプシロンが犯人なら、誰もあなたを庇わない。だからです」

「そんなことはないだろ！」

唐突に激昂するイプシロン。構わずパイは続ける。

「催眠術の使えないあなたは、誰も操作が出来ない。先生とR君が、犯人を福太郎君だと言い張る理由が毛ほどもなくなるのです。犯人がイプシロンだという可能性が少しでもあるなら、彼らは嬉々としてあなたを本部に突き出すでしょうから」

「……何を言っている。あの教師はともかく、Rがそんなことをするものか。きっと俺のことを庇ってくれるさ」

「R君、自分がこの国の王だったらイプシロンの人格はなんとしてでも処刑するって言ってましたよ」

「ふん、意外と激しいな」

さすがにぐうの音も出ないらしい。彼女の簡潔な理屈に何気に傷付いたようだ。

「さて、じゃあどうしましょうか」パイが仕切り直しのように手を叩いた。

パターンはある程度出揃った。これからの行動について考えなければならない。

「視聴覚室には行けないのかな。先生はああ言ってたけど、監視カメラの内容が分かれば
かなり進捗するよね」
殺人現場のカメラ映像が無いのは痛いが、代わりに個人の部屋の様子が分かる。夜間の
記録が見られれば、犯人はほぼ絞れるというのに。
「まあ、本当のことしか言えない状態のクソ教師がああ言ってるんだから、実際そこに言
っても無意味なんだろうな」
ここはイプシロンの言う通りだろう。そう上手くはいかない。
「となると……」
「俺はまず、Rの部屋に行きたい」
悩むことなく即提案してくるイプシロン。奴が邪な考えから提案したのは明白だが、王
子のところに行くのは賛成だ。何故、彼は僕を目撃したと証言したのか。一度、先生のい
ない状態で話をしたい。それはこの事件についての必要最低条件だろう。
「福太郎君」
「なに？」
「誰も触れませんでしたが……もしR君が犯人だったら、すごくまずいです。彼は催眠力
3・催眠耐性3という非常にバランスのいい催眠術士です。もし何かあった場合、私でも

勝てるかどうか……」

「……彼が犯人のケースか」

未だ僕は彼が犯人だという想定がどうしても出来ないでいた。想像力に乏しいからだろうか。まさか、既に〝そういう催眠〟を彼にかけられている？　いや……。

「私も彼が犯人だとは正直考えられません。鋼堂君とも仲が良さそうでしたしね。でも、ここからは最悪の状況を想定しなければ」

「大丈夫だ、俺がいる」

イプシロンが珍しく頼もしい発言をする。言われてみればこいつには催眠が効かない。こと対催眠術士の争いでは最強なのではないか。

「もし何かしてきたら、Rには屈辱を与える」

むしろ王子が心配になるようなことを平然と公言してくる。

「催眠はそう単純なものではありません。もし私が操られて武器を手に持ったりしたら、イプシロンも危険でしょう。加えてあなたの場合は福太郎君の――」

「心配せんでも実際にそんなことは起きんだろ。俺もRが犯人だとは思えない。これは理屈じゃなくて、人間性の話になる」

「……ではまず彼の元に行きますか？」

「もしくは僕たち各々の部屋を見て回るか、だね。特に僕の部屋は皆にも見てほしい。変なものが無いか」

　無いとは思うのだけど、少なくとも今朝の時点で見当たらなかったというだけだ。本気で捜索すれば何かが見つかるかもしれない。どちらかと言えば疑いを晴らすために皆に自分の部屋を見てほしい、という狙いの方が大きい。

「おいおい、お前たち。それよりなにより、まずはこの死体の検分をするのが先ではないのかね」

　妙に尊大な態度でイプシロンが言った。既に奴は鋼堂の死体の元にしゃがみ、体の至るところに触れ始めていた。行動が早い。

「イプシロン、それは本当に殺人事件の捜査のためにやっているんだな？」

「無論だ」

「死体は辱《はずかし》めるものじゃあないぞ」

「うるせえ」

　うるせえ。かなり真っ当なことを言ったつもりだが、うるせえと言われてしまった。

「パイ、お前は見ない方がいいぞ」

「私のことはお気になさらず」

一見、女性を気遣うような台詞に思えるが、好き放題やりたいだけなのだろう。だが刺し傷のある部分にも顔を近づけ、様々な角度から凝視している。検分自体もちゃんと真面目にやってくれるようだった。

「イプシロン、実際どうなのです。あなたの目からは、この死体がどう映ります？」

「良い体しているよ、タケシは」

そんなことは誰も聞いていない。

「あなた、それなりに医学も修めてますよね。本当は私たち以上に真実に肉薄しているのではないです？　さっきから鋼堂君の死体にべたべたしていたのも、ただふざけたかっただけではないのでしょう？」

パイは過信している。奴はどんな時でもふざけるときはふざける。

けれど確かに、イプシロンの行動は少し不自然でもあった。上手く表現できないが……何か好機とばかりに死体に触りにいっていた気がする。

「別に俺も専門家じゃないからな、期待されても困るが。とりあえず、ためらい傷も防御創もないな」

ためらい傷は、自殺時の致命傷に先だって付けられる浅い切創。防御創は、その名の通り自身の防御行動の際に生じた傷……のことだったか。

「自殺じゃないし、争った形跡もない。ならば気付かないうちに刺されたということになるが、ナイフは胸に刺さっている……正面から武器を出されて、タケシが抵抗しないというのは妙だ。

とはいえここはエスペリオン。催眠術というクソ能力があるせいで、そういうのはアテにならん。〝動くな〟と催眠をかけられてから殺されたのかもしれん。更に言うと、自殺を促す催眠をかけられた場合に、ためらい傷が出来るかどうかなんてのは誰も研究していない」

確かに。分かってはいたが、催眠術という概念は捜査を攪乱させるにはうってつけだ。存在するだけで、様々な分岐を生み出してしまう。これではもし警察が動いていたとしても、正確な捜査が出来たかどうか怪しいところだ。むしろいない方が良かったかもしれない。この世界で催眠術を理解し、かつ捜査に乗り気なメンツというのは、世界広しといえどこの場にいる三人だけなのだろう。

「ナイフ、抜いてみませんか？　何か分かるかもしれませんよ」

「やめとけよ。無意味に荒らすことはない」

お前はさっき無意味に荒らしていなかっただろうか？

「これは食堂にあったペティナイフだ。以前は五本あったんだが、今の調理室には四本しかない。その足りない一本で間違いないだろう。紛失したものだと思っていたんだが、ここで登場するとはな」

「……イプシロン。あなた、随分と調理室の事情に詳しいんですね」

「たまに料理するもんでな」

「いつからペティナイフは無くなってたんです？」

「さあな。そこまでは覚えていないが、二週間よりは前だ」

「もしこのナイフが本当にその紛失物だとしたら、犯人は結構前からこの殺人を計画していたということになりますね」

犯人はこの時のために、ずっと部屋の中にナイフを隠し持っていたということになる。非常に怖い考え方だ。

このエスペリオンで、刃物を入手する手段は少ない。それこそ調理室くらいだ。施設の〝購買〟は、生活必需品こそ何でも無償で提供してくれる窓口だが、このような凶器になりそうな物は簡単に差し出してくれない。教員の許可が必要になってくる。

僕は鋼堂の顔を見た。目を瞑り血の気は失せているが、穏やかな表情をしている。

……鋼堂。家族のために前線に出ると言っていた彼が、まさかＥＧＯと戦う前に殺されるなんて。残された家族は、彼の死体を見て何を思うのだろうか。もし僕が殺していたのだとしたら、僕はその家族に何て――。

「もうここにいて分かることはないだろう、ひとまず外に出ないか」

イプシロンの提案で鬱々とした思考が止まる。今はなるべく考えないことにした。

真っ白の部屋を出る。廊下も白一色で構成されており、どこに行こうと逃げることは出来ない。せめて窓くらいは付けてほしかった。

傍から見ると、僕たち人間のコントラストが強く見えるだろう。どうしてこのような配色にしたのかが分からない。白を見続けると人の精神に異常をきたすというのは、僕でさえ知っているような話なのに。

イプシロンが、僕の思考を読んだかのように語りだす。

「この白壁は、個人の催眠術の威力を上げると言われている」

「そういえば、私たちのいた阿波第七研究所もこういう色でしたね」

「人と人が話をするとき、背景が豪勢だとそっちに目がいってしまうだろう？　その逆だ。背景が白いとそっちには目がいかない……話している相手にどうしても視線が集中する。相手の目を逸らさせない、というのは催眠術士にとって重要らしいな」

ふうん、と呟いた。なるほど、そういう考えもあるのか。僕はてっきり監視カメラで監視をしやすくするためかと思っていた。

「第七研究所って、どういう感じのことを研究する場所だったの？」

何となく聞くと、パイはピタリと足を止めた。「それは……」と言葉をつなげようとするが言いにくそうだ。

「ごめん、守秘義務とかで簡単に喋れないよね、そういうの」

「——第七研究所は催眠の出力をどこまで上げられるか、という研究をしていた」

「イプシロン」

答えたのはイプシロンの方だった。パイが咎めるような表情をするが、奴は止まらない。

「強力なハイベルガーボイスは声帯だけでなく、大脳のブローカ中枢にある一部分が関わってくる。判明しだしたのは二十年前。そこら辺をいじくって作り出されたのが、最強の催眠力を持つパイという名の化け物だ」

イプシロンが頭を叩かれる。そりゃそうだ。いい音がしたためか、僕まで頭が痛くなる。

「しかしブローカ中枢を活性化させるという遺伝子調整では、背側前帯状皮質に支障が出てくることが分かった。その部位が劣化していたんだ。脳はある部分が発達すると、別の場所が退化する。故にパイは、催眠力4の催眠耐性1というピーキーな性能を持つに至った」

「イプシロン、あまり我々の出自を福太郎君に話さないでください」

「何を気にしている。特に守秘義務もないし、こういう話をしてやるのも俺たち研究所出身者の役割だろう。互いの出自を話し合うのも生徒らしいじゃないか」

「……恥ずかしいんですよ、純粋に。止めてくれませんか？」

パイが下を向いたまま歩く。確かに僕も子供の時の話は他人にしたくない。そういうものなのだろう。

「ふん、では俺の話をしてやろう。俺はパイとは真逆のアプローチの調整で生まれた存在だ。パイとは違い、人格さえも優れている。自分で自分が怖くなる時がある。俺はなんていい奴なんだろう、と」

イプシロンが更に数発殴られる。

最強の催眠力を持つパイと、最強の催眠耐性を持つイプシロン。性能も性格も真逆なのは、意図されたものなのか。白髪灰眼という特徴的な外見だけは良く似ている。イプシロンもR王子に負けず劣らず中性的な外見だ。下手をしたら女性にも見える。

「研究施設は純粋な脳科学の研究もしていた。人格形成と催眠力は関係があるのか、とかな。俺もよく被験体になっていたよ」

「人格形成？　イプシロンが人間的にまともになったら、催眠術が使えるようになるか、とかそういう研究？」

「俺は最初からまともだ。そうではない。いわゆる解離性《D》同一性《I》障害《D》の研究だ」

ＤＩＤ……またの名を多重人格障害。この時代においてはあまり聞かないが、昔の小説でよくその手の話題が出ていた。自分の中で切り離した感情や記憶が独立・成長し、一個の明確な人格となる現象。傍から見ると一人の人間に別人が憑依したように見えるらしい。

「イプシロン、その話はしていいのですか」

　何故かパイが不安そうな顔をする。

「大丈夫だ、この程度であれなら既にあれしている。二〇一五年、ドイツのとあるＤＩＤの女性の話だ。彼女は元々盲目だったのだが、ある少年の人格を表に出した途端、視力が回復したらしい。特定人格においてのみ、脳の電気活動のスイッチが〝切り替わる〟。このことに着想し、阿波第七研究所は人格と催眠術の関連性を調べ出したんだ。突き詰めれば多重人格を意図的に作り出せば、いつか催眠術が使える人格が現れるのではないか、とな。まあ、あまり成果は芳しくなかったが」

「結局、第七研究所はどうなったの？　研究がストップしたからパイちゃんがここにやってくることになった、っていうのは聞いたけど」

「ああ。つい最近潰れたらしいな。突き抜けた催眠力、という点ではもう完成形が何体か前線で成果を挙げているし、役目は終えたんだろう。遺伝子設計図も転売されている」

「……」

ギリ、という音がした。見れば、パイが拳を強く握りしめていた。……完成形が存在し、それらは前線に出ている。つまり彼女は未完成扱い、という風に聞こえる。

「そういきり立つなよ、パイ。お前が前線に立たないことに、喜びを感じる人間もいるようだぞ。そこのリーダー様のようにな」

唐突に話を振られる僕。ああ、またこの話か。今このタイミングで話を振られても、非常にやりづらい。

僕は本当に、皆には前線に出てほしくはないと思っている。危険な目には僕だけが遭えばいい。けどそれを皆に言ったところで顰蹙《ひんしゅく》を買うだけなのも分かってる。

「〝危険な目には僕だけ遭えばいい〟。そんな顔をしていますね、福太郎君」

どうも自分は顔に出やすい性質のようだ。イプシロンにも毎回のように口に出して聞くより先んじて答えられている。一体、普段僕はどんな顔をしているのだろう。

「しかめっ面ですよ。でも状況によって微細に変化しています。ええ、イプシロンと一緒にいすぎたせいで、私も表情を見るだけでその人の本質が分かるようになりました。福太郎君、あなたが何と言おうと私は前線に出ます。ＥＧＯと戦うために私は生まれてきたのですから」

強い目で僕を見つめてくる。

ああ。どうやら彼女には何を言っても無駄らしい。そうだとは思っていた。自らのルーツがまさにEGO殲滅なのだ。頑固な性格も相まって、簡単には曲げられないし、曲がらない。しかし続く言葉は僕の予想と少し違っていた。

「それに……私も、ここにいる皆を前線に出したくない。あなたと同じ気持ちなんです。研究施設で、EGOの酷さは嫌という程聞きました。そんなものが闊歩《かっぽ》する世界に、あなたたちを出したくはない。それこそ、そういう危険な目には、私だけが遭えばいい。私には、もう失う物なんてないのだから」

また左手の鎖を右手で握り込んでいる。この数日でその振る舞いをよく見かけるようになった気がする。

「……パイちゃん」

奇しくも、僕と類似した考え方。彼女も僕も家族がいない。唯一違うのは、パイはEGOを憎悪しているわけではないのだろう。自分の役割をまっとうしようとする義務感。自らが犠牲になろうとする献身。彼女の前線への希望は、それらに起因するようだ。でも……。

「おいおい、お前ら。お前らにはこの俺がいるだろう」

両手を広げてイプシロンがアピールしてくるが、意識から消した。

「パイちゃん。君は……手強いね」

「福太郎君もですよ。ねえ……あなたもきっと、私が何を言っても自分を変えられないのでしょう。そんなに強くない能力値で、それでも前線に出たがるのだから」

そうだ、僕は絶対に前に出なければならない。何故なら……。

「あなたが催眠術を学ぶのは仇討ちのため——そう聞きました。でも本当にそうなのでしょうか」

「え？」

「研究所には、EGOの被害者やその身内が少なくなかった。EGOへの復讐を果たすために、被験体となることを自ら志願しに来たのです。そういう人たちの瞳には憎悪の火が灯っていました。……福太郎君には、それがない。あなたが何かを憎みながら生きてきたようには、どうしても思えない」

「へえ、そうなのか？」

イプシロンが訝しげな目で僕を見る。そんなことはない。自分は両親をEGOに殺されている。このEGOに対して抱く感情が、復讐心以外のものであるとすると筋が通らない。

違うのなら、僕のルーツは一体なんだというのだ。

「福太郎君。あなたはところどころ自分自身を客観的に見ている。私たちデザインベビーより、一層人間性が損なわれている部分がある。だからこそ効率を考えた結果として自己犠牲の精神が強くなる。とても歪です。

本当はあなたみたいな人こそ、日の当たる場所で過ごすべき……少なくとも、私はそう思います。昨日話をして確信しました。前線になんて出るべきじゃない――それはあなたにこそ私が言いたい言葉です」

パイは睨むようにこちらを見つめてきたが、僕は受け流そうとする。

「……パイちゃんがそういう風に僕のことを思ってるなんて、知らなかった。けどたとえそうだとして、簡単に人間は変わらないよ。僕はきっとこのまま進む。

それに、君は勘違いしてる。君と違って僕は自己犠牲の精神なんて強くないよ。本当にそうだったらきっと今頃、犯人を庇って自分が犯人だと名乗り出てる。

だから僕のことは気にしなくていい。僕はただ、パイちゃんが心配なだけだよ」

「福太郎君。私はあなたに心配されるほど、やわな女じゃありません」

「……」

「それに、あなたは前線に出たら死ぬ、みたいな言い方してますけど……私はちゃんと、生きて帰ってくるつもりでいますよ」

「え？」

催眠術士が戦場から生還する確率は高くない。ＥＧＯと直接対面する必要があるが故に、前線の中の前線に立たされる。並の自衛隊員よりリスクが高い。

「私は別に死にたいわけではないんです。ピンチに陥ってもあらゆる手段を尽くして、戻ってくることを考えます。諦めたりはしません」

「……そうか」

この子はどうやら、僕が思っていたより強かったようだ。

「じゃあ、約束しよう。もし互いに戦場に出ることになっても、必ず帰ってくるって。生きて、また会って話をしよう」

「――ええ、きっと」

透き通った空気が僕たちの間を通った気がした。いつか遠い未来でも、この約束は鮮明に思い出せると確信する。

「恥ずかしながら私、休みの日はエンジョイしたいと思っています。ずっと研究所にいたので、外の世界のことなんて全然知らないんです。だからこの四国の山や海、色んなものを見たい。愛媛の名所と言われる来島海峡大橋も松山城も、健在なうちにこの目に映しておきたいんです」

「そんなもの、すぐに見られるようになるさ」

卒業して……ちゃんとこの世界で、生き残れれば。

「特に海なんて、ここを出たらすぐそこにあるよ」

「じゃあ、一緒に見に行ってくれますか？　一人で見に行くのも味気ないので」

「もちろん」

「あはっ」

僕はパイに確かな生命力を感じていた。刹那的に生きているように見えた彼女が、本当はこの世界に根を下ろしたいと思っていた。それが純粋に嬉しい。外の世界なんて容易く見られるようになるさ。命さえあれば僕たちは何だって出来るのだから。

「……」

いつの間にか離れた場所にいたイプシロンが、何故か無言のまま僕を凝視していた。

◆

「さて、どこからにします？」

「よく考えたら、王子は今どこにいるか分からないね」

「まずタケシの部屋に行こうぜ。ここから一番近いしな」

やはりイプシロンが言うと含むものを感じるが、その通りではあった。レクレーションルームから時計回りに歩けば、鋼堂の部屋は目と鼻の先だ。

相変わらず理由は分からないが、鋼堂の部屋だけ他の部屋から少し離れた位置にある。これが教員部屋だというのなら分かるが、先生の個室は僕の部屋のすぐ近くにある。

鋼堂の部屋の前に立つ。

ドアノブを回す。軽い感触だった。約束通りロックは外しておいてくれたのだろう。

「……っ……――して」

部屋の中から声が聞こえる。

僕は合図して、扉の前に張り付いた。皆もそれに倣《なら》う。

「あなたも酷なことをする。真実しか話すな、とは。リーダー殿に色々と聞かれたらどうするつもりだったんです?」

「落ち着きなさいR君。最悪、黙ればいいのですよ。答えられる部分だけ答えれば、向こうも考えてくれます。〝考えさせる〟ことが目的なのです。そういう意味では、お互いに良い会話内容でしたね」

「そんなことを言ってる場合ですか……？　まさか本当に殺されるなんて聞いていませんよ！　こうなると分かっていたのなら、僕は協力しなかった！」

「興奮しないでください。いいですか、あなたはこのまま立場を継続してください。今も計画は進行中なのです。どこで聞かれているか分からないフィールドにいます、決して油断しないように。何かに取り憑かれたと感じたらすぐに瞑想態勢に入ってください」

「もう一度言います！　死ぬなんて聞いていない！　すぐ彼らに全てを話すことも出来るんですよ！」

「どうか冷静に。ここであなたが計画を崩壊させてしまえば、鋼堂タケシのあの結果も無意味になってしまうのですよ」

「それでも……！」

「全ての未来がかかった計画なのです。僕たちの肩にかかっている責任は重い。そうでしょう？　個人の意思で台無しに出来るものではない。R君、君なら分かるはず」

「……タケシには、家族がいた。残された家族はどうなるのです」

「これ以上の会話はまずい。聞かれる可能性があります。そろそろ彼らも到着するでしょう。よろしく頼みますよR君。あなたの役目を果たしてください」

革靴の足音が近づいてきて、ガチャリと先生が扉を開ける。僕たちの顔を見て驚いたようだった。

「これはこれは……」

「聞かれちゃいけない話でもしていたんですか？」

すかさずパイが前に出る。先生は何も答えず、薄く笑うと、僕たちに背を向けて去っていった。

「……」

パイと目を見合わせた後、鋼堂の部屋の中を覗く。

そこにはR王子が一人でぼうっと立っていた。


R王子。本名も年齢も不明。ただ外見から察するに、僕よりも年下だろう。性格は温厚。物腰柔らかな爽やか少年。

金髪碧眼で明らかに日本以外の出身。イプシロンやパイがいるためこのエスペリオンでは違和感がないが、もしここが普通の学園だったら浮いている外見だ。まだ二次性徴期が来ていないのではないかと疑う程に中性的な外見。

いつも杖をついて歩いており、走ることはほぼ不可能に近いらしい。イプシロンが言うには、自分たちと同じく出産前に遺伝子調整を受けた結果だという。催眠術を得る代償に、走る手段を失った。それでも彼はこの学園にいてEGOと戦うことを望んでいるのだから、顔に似合わず剛胆である。

某国の王子であるらしく、僕たちは常に王子と呼んでいる。しかしその国はEGOのせいで、五年前から死に体らしい。R王子は母国の復興のために、EGOを殲滅しようとしているのだ。

出産前に遺伝子調整を受けた、ということはそれを意図的に行ったのは王族なのだろう。R王子は自らの足を奪った張本人たちのために戦うという。何とも皮肉な話である。

「君たちですか。すぐに来ると思っていました」

こちらに気付いたR王子は、大して驚いていなかった。彼はじっとベッドを見ている。ついぞ、主が戻らなかった部屋だ。このベッドで鋼堂が床に就くことは二度とない。

「R君。あなたには色々と聞きたいことがあります。先ほどは先生もいて、状況的に聞きづらいこともありましたが……今ならそちらも言えることが多いのでは?」

「確かにね」

王子が目を瞑る。何かを考えているようだった。鋼堂の死体を発見したときとは打って変わって落ち着いていた。

「僕には今でもパイ殿による〝真実しか言えない〟催眠がかかっています。あと三十分といったところでしょうか。尋問をするにはうってつけですね」

「あなたも催眠を使って抵抗してもいいんですよ」

「そんなことはしません。一層、僕の疑いが強まるでしょう。そっちにはイプシロンがいるのです。催眠による偽装には限度がある」

「R……はぁ……はぁ……」

何故か興奮し始めるイプシロンとは対照的に、王子は冷静だ。彼の言っていることは真実。イプシロンには催眠が効かない。たとえ彼がここで「僕を疑ってはならない」という催眠をかけてきたとしても、後でイプシロンからそのことを聞けば対処出来る。

「尋問の前に、少しこの場所を調べませんか。もしかしたら、タケシのメッセージが残っているかもしれない」

王子が提案する。確かに鋼堂は自らの死を予期していたようだった。遺言ではないが、何かを残していた可能性はある。

部屋の内装を見回しながら、王子へと質問する。

「ねえ、王子。君は本当に僕が犯人だと思ってるの？」

王子は少し逡巡した後――。

「教員役の彼が言った通り……僕は犯人は吾妻福太郎だと、本気で思っています」

「……僕に催眠をかけたりした？」

「いいえ。あなたにかけた覚えはありません」

「王子は鋼堂殺害の犯人でないの？」

「はい、僕がタケシを殺すはずがない。昨夜レクレーションルーム①に入ってすらいない」

返答は統一されている。彼が犯人であるならば、こんな返答は出来ないはずだ。

「リーダー。やっぱりRが犯人ということはないだろ」

イプシロンに〝うん〟とだけ返す。しかし、王子は不服そうに言った。

「いいえ、リーダー殿――僕が真実を言っているという担保が無くなるパターンが、三つあります」

「？」

「まず、僕が僕自身に真実とは異なる自己暗示をかけているパターン。僕が催眠力3以上の〝誰か〟に催眠をかけられているパターン。そこにいるパイ殿が、先ほど僕に催眠をかけていないというパターン……これらの可能性を無視しているのでは？」

パイがR王子に向き合う。

「何が言いたいのです？　R君」

「いえ……僕という存在の発言を突き詰めると、あなたが怪しくなっていく。ただそれだけです、パイ殿」

「……」

パイが、怒りか悲しみか判別がつかない表情をする。どう返せばいいのか瞬時に思いつかなかったのだろう。

「お、王子。君はパイちゃんを疑ってるの？　僕が犯人だと断定しているのに？」

「どうでしょうね。このエスペリオンという施設において、もはや捜査というのは無意味なのかもしれません。頑張っているリーダー殿には申しわけないですが、このようにどこまでも難癖を付けられる。催眠術が存在するせいで、動機どころか手段や時系列でさえ、人の主観がアテにならなくなる」

先生が言っていたことと似ている。僕も同じことを考えていた。催眠術があるせいで、際限が無くなる部分が多い。キリが無くなる、と。

「今回、リーダー殿を犯人とする教員役の彼の考えも、理解は出来ますね。これ以上審議をすることが難しいので便宜上の犯人を仕立て上げる、というやり口は理に適っている。いや、リーダー殿は本当に災難だと思いますよ。犯人役を押し付けられるのですから。まあその分、ペナルティというのも大したことはないのでしょうが」

「王子。君は僕がやったと本当に思っている?」

「……現状で最も確率が高いのは吾妻福太郎です。けれど言える範囲で口にするなら……僕は、あなたが自分の意思でやったとは思っていません」

今、彼は重要なことを言った気がする。表面上の言葉よりなお意味のある……。

「なら王子はそれでいいの? このままだと真実がうやむやになってしまう。鋼堂とは仲が良かったよね、本当にそれで……」

「良くはありません。僕も真相は解明したい。タケシが死ぬなんて聞いていませんでしたからね」

微妙な言い回しは、まるで質問をしてくださいと言っているかのようだ。特に考えず、僕は引っかかってみることにした。

「ねえ、王子はもしかして今日何か起こることを知ってたの? 先生ともそういう話をしてたよね」

「……何かしらのイベントを発生させるとは彼から聞いていました。そして口裏を合わせるように、とも。けれどまさか……タケシが死ぬなんて」

苦渋に満ちた表情。催眠をかけられている彼は真実しか言えないはずだ。王子の感情表現に嘘はない。パイの催眠がブラフでさえなければ。

「僕も真相を突き止めたい、というのは本当ですよ、リーダー殿。ただ、リーダー殿が犯人でないというパターンを突き詰めていくと、僕の存在がネックになるはず。その辺の話も先ほどまでしていたのでは？」

彼の指摘は鋭い。当たっていた。

「僕の催眠耐性3は、推理の上ではなかなかに邪魔でしょう。ですが逆を言えばシンプルにもなりうる。僕に催眠をかけられるのは、このエスペリオンでただ一人だからです」

王子がパイを見る。

「パイ殿。最初に聞いておきます。あなたは〝計画〟の賛同者ではないのですね」

「計画？　何を言っているのです？」

「……いえ、分からないのなら結構。リーダー殿。一度外に出て、僕と一緒にこのエスペリオンを回りませんか」

「君と？」

「はい。僕と一緒にいれば、また違うものが見えてくると思いますよ」

「ならパイちゃんも一緒に」

「いえ、出来ればあなたと二人がいい。その方が、僕も不安にならなくて済む」

再びパイに視線を向ける。言うまでもないことだが、彼の催眠耐性3を突破できる者は、鋼堂亡き今彼女しかいない。王子はそれを恐れているようだ。

「そんなことを言い出したらR君。あなたもこっそり、福太郎君に催眠をかけるかもしれないじゃないですか」

「今更僕がどのような催眠をかけるというのです？　〝僕は彼に催眠をかけるつもりはない〟。〝僕は催眠を悪用したりはしない〟。この言葉でも不足ですか？　パイ殿、他でもないあなたがかけた真実しか言えない催眠です」

「あなたにとって今はそれが真実でも、いつ気が変わるか分からないじゃないですか」

「おい、パイ。俺がいるんだ。大丈夫だ」

そこでイプシロンが、鋼堂のベッドの上で寝転がりながら口を挟んだ。

「いえ、イプシロン。出来ればあなたも外してほしい」

「何故だ」

「純粋に嫌だからです。あなた、本当に邪魔しかしないですし」

「……」

イプシロンが黙る。王子にしては珍しくストレートな物言いだった。嘘が言えない状態だからか、それとも内心何かに追い詰められているのか。

「R君。やはり認められません。イプシロンを付けることは最低限の譲歩です」

「そうだ、R。俺は邪魔などせんぞ。はぁ……はぁ……」

「イプシロンの信用の無さは既に皆、知るところのはずですが……リーダー殿は？」

「僕は……王子と二人きりでも構わない」

「福太郎君、危険ですよ！」

「そうだ！　俺にもRを××××させろ！」

「王子は僕が犯人でないと、内心思っていることを口に出して言ってくれた。王子が今回の件に深く噛んでいるとはどうしても思えない……たとえそうだとしても、彼が悪意を持っているように見えない」

「リーダー殿……ありがとうございます。あなたのその信頼に、僕も応えたい」

イプシロンは「あああ、俺のRがあああ！」とむせ返り、パイは不安そうに僕の顔を覗き込む。

「福太郎君、本当にいいんですか？」

「うん、大丈夫だよ。僕はパイちゃんの催眠を信じてる。だからこそ王子の〝催眠はかけない〟発言……あの言葉も信用出来る。君は〝いつ気が変わるか分からない〟と言ったけど、そんなにすぐ人の考えは変わらないよ」

前線に最優先で出たいという僕の信念が変わらないように。

王子が杖を僕とイプシロンに向けながら、パイに言った。

「パイ殿。どうせここで僕がどうこう言ったところで、イプシロンはリーダー殿に勝手に付いてきます。分かるでしょう？　あなたが心配するようなことはありえませんよ」

「……けれどR君、あなたならイプシロンを封じる手段さえ用意しているのでは？」

「封じるも何も……僕とイプシロンの相性は最悪です。そんなことは出来ません。僕こそ彼に何をされるか、あなた以上に不安で仕方ない。この通り足が不自由な身。イプシロンがこちらに暴行を加えようとしたら、催眠術が効かない彼に僕は為す術がない」

「そんな妄想をしていたのか、Rは。かわいい奴め」

「ほら、すぐこういうことを言う。僕は実のところ、彼への恐怖心で胸が一杯です」

確かに、催眠術士にとってイプシロンは警戒すべき相手だ。しかも走れない、つまり即座に逃げられない王子にとっては、イプシロンはもはや天敵の域だろう。それとは別に、死者のベッドでごろ寝しているこいつが、僕も人として怖くて仕方ない。

皆が皆、互いのことを疑っている。今はそういう状況。

「イプシロン。付いてくるのは仕方がありません。ですがなるべく前に出てこないでほしい。彼との話に水を差さないでください。お願いします」

王子が頭を下げて言う。もはや懇願だった。

結局、部屋からは何も見つからなかった。遺書はおろか、不自然な物さえ無かった。鋼堂のことだからもっと汚く荒れていると思っていたが、案外インテリアは落ち着いており、娯楽の類も無い。むしろ勉強道具や専門の書物が非常に多いのが意外だった。先生にでもなるつもりだったのだろうか。

不思議な点を挙げるとすれば、いち生徒であるはずの彼の部屋に監視カメラが無かったということ。この部屋は配置も含めイレギュラーな状態にあるようだ。

ふと視界の隅に一冊の本が映った。本棚の端、手に取られなくなって久しいのか埃が溜まっている。背表紙には〝倫理〟とだけ書かれていた。

「倫理……か」

かつて共に受けた授業の記憶を思い出す。あの時は全員が揃っていた。だがこの部屋の主とは、もう同じ教室に入ることはない。

◇

数ヵ月前――。

「ある哲学者は言いました。〝人間は神と悪魔の間に浮遊する〟と。人の二面性を表現した言葉です」

先生がホワイトボードの前に立って話す。そこには〝正義〟とだけ書かれている。

「あなたたちは望むと望まざるとにかかわらず、催眠術という大きな力を手にしている。これは一般市民にとってはまさに絶対的な力。人類を蹂躙し尽くすことが出来ますが、同時に、上手く使えば傷ついた人の心を癒す医療技術としても扱えます。結局は道具と同じ。使い手次第でその本質は変わってくるのです」

「先生、その講義何度目だよ。もう飽きたよ」

「だまらっしゃい鋼堂君。大事なことだから何度も話をするのです。君たちが外の世界に出て悪行を為すとは先生も思っていませんがね、しかし忘れないでいただきたい。君たちは絶対的な力を持っている。実質的にはＥＧＯと同じ力。決して使い方を誤らないでほしいのです」

「ですが先生、使い方を誤るなと言っても何を基準に考えていいのか分かりません。まだ十代である僕たちには善悪を判断するのは難しい。もっと詳細に明文化されたマニュアルのようなものはないのでしょうか」

「可愛げのないことを言いますねR君。催眠術に関しては法やガイドラインのようなものは存在しません。ええ、かつての秩序ある世界は崩壊しています。催眠術に柵を作る暇などこの国にありはしないのです。だからこそ君たちのモラルを育むために、こうしてしつこく講義をしているのです。個人できちんと善悪を判断出来るようになるために」

「おい、クソ教師。だからRは善悪の明確な基準をここで話せと言っているんだ。Rの気持ちを察しろよ！　俺にRをくれよ！」

「い、イプシロン。僕のことは放っておいていいですから」

「イプシロン。あなたは催眠術士でもないのに驕り高ぶっていますね。皆さん、彼のようになってはいけませんよ。大きな力を持ってはいけない典型的な人物像です」

誰がこいつのようになるか、という空気がレクレーションルーム内を包み込む。

「映像記録が残存する昔の偉人たちを調査して分かったことですが、ハイベルガーボイス程でないですが人のアルファ波に影響を与えるような声質を持つ人物は一定数いました。いわゆるカリスマ性を持つ者たち――群衆を扇動する素養がある者たちにはそれなりの催眠波が含まれているものなのです。

特異な声質を持つからには善行をもって名を残していただきたいと思います。催眠力を悪用してはただの犯罪者。目的を見失えばただの超能力者。独りよがりな善性を唱え続ければ独裁者。自覚なく突き進みやすいのが、最後の独裁者です。相手に対して無条件の服従と忠誠を要求する思想――指導者原理です。それは二十世紀前半のドイツに発生したイデオロギーが有名ですね」

「独裁主義は賛否両論ですよ。善悪は各々の立ち位置において様変わりするもの。どんなに正しくあろうとしても、逆側の立場からすると悪そのものであったりする。だからこそ怖い。もう一度聞きます。僕たちは何を基準にして催眠術を扱うべきだと思いますか」

王子の質問に対して、先生は答える。

「〝他人からされたら怒るようなことを人にしてはいけない〟。この言葉、誰のものかご存知ですか、R君」

「分かりません。どこかの幼児保護施設の標語であったような……」

「ソクラテスだな」

「イプシロン、あなたが知っているとは意外ですね。

そう、一見すると小学生でも分かるような言葉。人として当然守らなければならないルール。けれど善悪の基準はシンプルに考えれば好感・嫌悪の二つに集約される。まずこれを秤《はかり》に掛ければ、大きく人の道を逸れることはありません。

ですが大きな力を持つとどうしても〝自分は他人とは違う優性種〟なのだと思い込んでしまう。劣等種が苦しもうと自分には関係が無い、虫の気持ちなど分からない、と。

忘れないでほしい。私たちはどこまでいっても人間です。強力な力を持っていても、どうあがき転んでも、僕たちは人間という殻から逃れることなど出来ない。君たちも……僕も、他人の気持ちを推し量ることを放棄してはいけない。感情は皆平等に持ち合わせている。自分がされて悲しいと思うことは、相手もされたら悲しいのだと。催眠術という、人の意思を捻じ曲げてしまう力を持っているからこそ、決して忘れてはいけないのです。でないと必ず力に溺れ……その先にあるのは、EGOと同一の〝怪物〟です。EGOの次は我々催眠術士が、人類の脅威として排斥されるでしょう。とても悲しい未来です」

「他人の気持ちを推し量るのに、最も効果的なことは何なのですか」

「パイさん、いい質問ですね。では私も真剣に回答をしましょう。

恋をすることです。自分ではない他人のことを、想うことです。そして派生する感情の交差を催眠で誤魔化したりしないで、見つめ続けることですね」

「催眠を使ってはいけない？」

「もちろん。人の気持ちを誤魔化すことは、自分の気持ちをも誤魔化すことに繋がる。それは不幸せなことなのです。自分をも推し量れなくなったら、その人は孤独へと近づく。

一人の愛を催眠で無理やり得ても、すぐに虚しくなります。だからといって二人三人と手ごめにしていっても、空虚な心は埋まりません。催眠術で誰かの意思を一時的には変えられても、自分のことを真の意味で理解してくれる人が得られたわけではないのですから。そういうことを続けていくと、果てには自分が一人だということさえ理解しないまま怪物として生きていくことになる。悲惨ですね、それこそが真の孤独なのでしょう」

「怪物……」

その単語に何を見たのか、パイは自分の手のひらを見つめる。

「自身を理解してもらうには、まず他人を理解する必要があります。他人を想えば自分の幸福というものが何なのか、イメージ出来るようになる。他人と共に幸福へと向かうにはどうすればいいのか。そこで初めて〝正義〟という形而上概念を形作る。〝幸福になろうとするならば、節制と正義とが自己に備わるように行動しなければならない〟。これもソクラテスの言葉ですね。イメージ出来ますか、あなた方に」

「知るか」と鋼堂が紙飛行機を先生に向かって飛ばした。先生は手で摑んで握りつぶす。

「他人の正義をこのように踏みにじることも出来る。これも力ある者の特権ですね」

「×××」

表現出来ないスラングを口にしながら、今度はイプシロンが紙飛行機を鋼堂に向かって飛ばした。鋼堂は握りつぶそうと手を振り回すが、紙飛行機は奇怪な動きで飛び回り、摑ませてはくれない。

「哲学的に言えば、正義無き肥大化した力の権化が今のＥＧＯ。あなたたちも、そうなりうる可能性がある」

「先生はＥＧＯのことを、まるで人間のように捉えるのですね。奴らが何かを考えながら生きて、道を間違えた結果ああなったと……そう思っているのですか」

「Ｒ君、催眠が効く存在は意思を持つ者だけです。その意味では、ＥＧＯも意思ある生物と扱っていいでしょう。それに、最近になって更に興味深いことが分かりました。パイさん、ついこないだまで阿波第七研究所にいた君ならば知っているのでは？」

「ＥＧＯの脳の在り処についてですか？　いえ、そのあたりの研究自体は行われていたようですが、私たちには何も……」

「なるほど。ではここで説明しておきましょう。

　ＥＧＯには脳髄がない、というのは有名ですので皆さんご存知かと思います。

　しかし、おかしな話です。ＥＧＯは明らかに意思があるように人間を執拗に追い詰めていた。更には催眠術にまでかかる以上、知的生命体であることは明白。にもかかわらず依然として脳に相当するものが見つからない。眼球や聴覚器官、声帯さえもあった。なのにそれらと繋がる中枢器官はない。あまりに異質な生体構造。彼らはどこで物事を知覚し、思考しているのか。催眠はどの部位にかかっていたのか。あらゆる最先端検査を駆使しても不明。現代の科学技術ではＥＧＯには脳がないと判断せざるを得なかった。

　そこで提唱されたのが——ＥＧＯの脳は、ここことは違う世界にあるのではないかという説です。この二十二世紀においてなお、解明どころか知覚さえ出来ない場所。踏破不可能な世界にEGOの本体が隠れているなら——そう考えると、説明が付く部分が多い」

「その学説は聞いたことがありますが、馬鹿げていると一蹴されたのでは？」

R王子が訝しげな眼で先生を見る。

「一年前にそれを裏付ける事件がありました。小型のEGOに対して催眠術をかけたところ、EGOと交信が出来たというケースが報告されたのです」

「交信⁉　EGOと？」

R王子は驚愕の表情で聞き返す。

「はい。催眠術によって停止したEGO。使い道がないと思われていた声帯が、意思ある声を発したのです。内容は、信じがたいものでした。

自分はEGOの統率者だと。統率者は、複数の思考が混在した意思の塊のようなもので、私たちがEGOと呼んでいる怪物……その体を使ってこの世界に干渉している、と。そう言ったのです」

「意思……？　随分とオカルトじみてきましたね。確かに信じがたい話です」

パイは表情を変えず、話半分といった風に呟く。

「とはいえ事実なのです。本来の彼らは、私たちと同じような肉体を持った知的生命体なのでしょう。彼らの本体はこの世界にないが、意思だけは干渉出来る。その目的を催眠術士が問うと、興味深い答えが返ってきました。〝自分たちは楽しいことを探している〟と」

「楽しいこと?」

「ええ、パイさん。流暢な日本語だったそうです。彼らはこの地上をどこでも眺めて回ることが出来るから、私たちそのものを娯楽扱いして楽しんでいる。私たちが不幸な目に遭っているのを見てケタケタと笑っている。EGOという怪物の正体は、自分たちの欲望《エゴ》そのものが形になった姿なのだと……」

ぐぅぐぅ、という不快な音が聞こえたため、先生は話を中断する。イプシロンのいびきだった。

「誰かイプシロンを起こしてください」

先生の言葉に、鋼堂がイプシロンの頭をはたいた。灰色の目が再び開かれる。

「おい、止めろよ。せっかくタケシに屈辱を与える夢を見ていたのに」

「イプシロン。そんなに興味がないのなら、福太郎君の補助に回りなさい」

「だとさ、おい福太郎」

「……」

「失礼、彼はまだ返答も難しいようでしたね」

「なあ、先生役よ。講義がつまらんぞ。ここでクソしてやろうか。少しは面白くなる」

「不本意だが、イプシロンと同意見だ。早く実技をやろうぜ、先生」

イプシロンと鋼堂が机をガタガタと震わせた。その振る舞いは小学生を思わせる。

「君たちね、今は倫理の時間なんです。真面目に話を聞く気があるんですか？　結構重要なこと言ってますよ、いいんです？　知らないですよ、もう」

「途中からEGOの生態の話になってただろうが。福太郎にその話を聞かせていいのか？　ええ、バカ教師が。自分の得意な授業ばかりやってないで、もっと性教育に時間を割けよ」

「イプシロン、君はもう出ていきなさい。君なんかに倫理の話なんかしたくないんですよ僕は」


それは、ただの授業の一風景にすぎない。怪物――感情あるもののなれの果ての可能性を示唆した、ある倫理の時間。

僕は呆けていたのか、授業の細部まで思い出せない。だがどうしてか、この時間の最後にパイが自身の鎖をじっと見つめていたことが、今になって脳裏から離れなかった。

「あなたとこうして二人きりで話すのは、初めてですね」

「そうだね」

白い廊下を二人で歩く。イプシロンの姿は見えない。言いつけ通り、どこかに隠れているのだろう。カツカツという王子の杖と、僕の靴の音だけが響いている。

◆

「最初、王子って僕のことを避けてなかった？」

「避けていたわけではありません。ただ、あなたのような存在は定期的に見てきたので……あまり関わるべきでないと、最初はそう思っていました」

「すぐ辞めるだろうって思ってたんだね」

「実際、現れてはいなくなり、ということが多かったです」

僕がここに来たのは三カ月前。以前は様々な人材の出入りが繰り返されていたとイプシロンから聞いている。エスペリオンはそこまで不快な環境ではないと思うのだが、駄目な人には駄目らしい。

「王子、何だかんだ言って鋼堂といつも一緒だったよね」

「ですね。彼、ああ見えて博識なんです。話をすると、何かと勉強になることが多くて」

「意外だよね。僕の目にはお調子者で、気性が荒く見えてたのに」

「それも彼の側面の一つですね。タケシはあなたのことを大分警戒していたようです」

「警戒？　どうして僕を……まさか僕がパイちゃんと仲が良かったから、とかじゃないよね」

「違いますよ。リーダー殿は勘違いしてるようですね。彼はまあ、パイ殿に対してムキになっている節がありましたが、恋愛感情によるものではありません。阿波第七研究所の成果を推し量っていたのでしょう。恋愛感情だったらそもそも年齢的にアウトです。さすがの僕もドン引きですよ」

「え？　年齢でアウトって、皆同世代くらいじゃないの？」

「……中庭に行きませんか」

　強引に話題を変えられる。

　あそこには何もないし、事件とも関係がないが……。

「ええ、皆事件のことで頭が一杯でしょう。一度気分を変えるのもいいと思いますよ」

　王子の言葉に嫌味は感じられない。確かに緑を目に入れるのもいいかもしれない。彼の提案に乗ることにした。

エスペリオンの施設中央に真円形に作られた空間、それが中庭である。

中庭へは複数のドアがあり、廊下ならばどの位置からでも入ることが出来る。傍にあった白で塗装された金属のドアを開けると、視界一杯に緑が広がった。普段外の光を浴びないからか、人工光がやたらと強く感じて目が眩んだ。

歩くとジャリジャリと音がする。小石の多い土だった。中庭には、名称は分からないが大きな葉を蓄えた樹木が所狭しと植えられている。どこか人工的だが造木ではない。花こそ咲いていないが、これはこれで華やか。枯れて変色した葉は一枚もない。自分より身長の高い草木を目の前にすると、植物の雄大さを感じる。

「自然は神の芸術なり、って誰かの言葉にあったけど、たまには草木を見つめるのも良いものだね」

「それはダンテですね。偉人の言葉は二十二世紀にも語り継がれている。とてもすごいことです。僕も、そういう風な人間になりたい」

中央のベンチに座ろうとする。しかし杖の先が小石にでもぶつかったのか、途中で王子がバランスを崩した。

「おっと」

僕は王子を抱きかかえた。

「す、すみません。こんなこと、一昨日もありましたね」

「……そうだね。まあここは少し足場が悪いから」

再び座り直す。少し気まずい雰囲気になった。

ベンチは硬いプラスチックで出来ていた。人工太陽の影響で少し温かくなっているが、座り心地はあまりよくない。

「――リーダー殿とは、一度ゆっくりと話をしたかった。あなたとお話が出来るのはこの三日間だけ。そのうちに、もっとあなたのことが知りたいと、そう思っていました」

「え？　三日間？」

試験に合格したら、ここからいなくなる可能性を言っているのだろうか。卒業が決まっても、すぐにはここを出るわけではないはずだが。

「僕の出自はご存知ですか？」

「あ……う、うん。ある国の王子だって」

「そうです。吹聴すべきことでないので国名は伏せますが、僕はある小さな国の第一王子でした。と言っても五年前までのこと。ＥＧＯのせいで国は滅び、王子という僕の立場は無くなった。身寄りのない僕を引き取ってくれたのが、このエスペリオンです」

「じゃあ、王子は五年も前からここに？」

「はい。最初は僕の催眠力と耐性は1ずつしかなかった。ですが五年間ここで訓練することで、徐々に能力が上昇してくれました……いい先生がいたんですよ」

「今のあの先生？」

「いいえ、あなたの認知している彼ではありません。今となっては知らなくてもいいことですよ。とにかく、僕はそれなりの催眠術士になりました。全ては祖国復興のため。EGOを倒し、崩壊した街並みを元に戻したい」

「……」

「滑稽ですか？　既に滅んだ国のために動こうとする僕は」

「そんなことはないよ。定まった綺麗な目的だと思う。いつかの倫理の講義を覚えてる？　僕たちは誰かのことを想うべきだって。それが王子にとっては、自分の故郷だった……っていうことだよね」

「ふふ、面白い講義でしたね、どこか稚拙で……けど僕の心にも残っています。あなたが記憶していたのが、意外でしたが」

「どうして？　僕もちゃんと聞いてたよ」

「あのときのあなたは……心ここにあらず、という感じでしたから」

彼の目には、僕が講義中頻繁に居眠りするような人物に見えていたのか。

王子は改めるように座り直した。

「リーダー殿。僕が今回の試験に合格した場合、この身が前線に出てEGOと戦うと言ったら、あなたはどう思いますか」

「……僕はあまり、良くは思わない」

「どうしてです?」

ポンと、王子が自分の足を叩く。杖なしでは真っ直ぐに歩くことすら難しい二本の脚。

「動かぬ足のせいですか?」

「いや……それは機械とか周りのサポートでどうにかなると思う。

そうじゃなくて、単純な話さ。パイちゃんにも言ったんだけどね。僕は三カ月間君たちを見てきて、情が移ったんだろう。君たちにあまり、危険な道を選んでほしくはないんだ」

「僕は、EGOと戦うために催眠力を磨いてきたのに?」

「うん。王子の催眠力は他にも応用が効くレベルだ。別に前線に出るだけが、国の再建に繋がるわけじゃないと思う。素人考えだけどね」

EGOを一体や二体どうにかしたところで、国一つが機能し直すとは考えづらい。ならば危険性の高い役目を、他でもない彼が負う必要はない。

「前線に出る危険な目には……僕一人が遭えばいい。僕はEGOを倒すこと、それ自体が目的なんだから」

「……吾妻福太郎の目的は、EGOへの復讐でしたね。ご両親を殺された」

王子が目を細める。そこにある感情は、憐憫《れんびん》だろうか。

「今日び、珍しくない動機だろうけどね。君は王子として、自分の身を守ることを最優先にした方がいいんじゃない？　国を再建するのにも保持するのにも、君の存在は必要でしょ。体は健康なままでいないと」

「既に健康体ではありませんよ」

王子が自らの下半身を見つめる。

「僕は催眠術という力を狙って授けられたデザインベビーです。阿波第七研究所のような練磨された調整ではない。小さな国の稚拙な技術によるもの。そのせいでこういうハンディを持って生まれてしまった。

しかもハイベルガーボイスを使える子供を得たいという王族の真の目的は、EGOと戦うためではなく市民を扇動するため。彼らは自分たちの権威を安定化するために、長きにわたって催眠術の研究をしていたのです……考えると、糸が絡むように思考がぐちゃぐちゃしてきます」

「……けど、君はそんな国のために、戦おうとしている」

「結局、僕は拠り所が欲しかったのです。祖国再建という感情や願いを見失った状態で催眠術を使い続ければ……それこそ、倫理の授業で言われていた怪物へと変わってしまう気がします。ＥＧＯと同義の存在になるのは、ごめんですよ」

王子が空を仰ぐので、僕もつられて見た。人工太陽が強い光で植物を照らしている。だが僕たちの心までは照らしてくれない。

「ハイベルガーボイス。ＥＧＯ。一体何なんでしょうね。どうして僕たちは、これらが存在する世界に生まれてきてしまったのか。二十一世紀中盤まではそんなものは無かった。本当に突如として現れたと聞きます。

僕はもっと平和な世界に生まれたかった。普通の生徒として、普通に過ごしたかった。催眠術なんて、こんな力は……望んでいない。それよりも、ただ平穏が欲しかった」

「……」

誰に向けてだったのか。今までの何よりも彼の本心を露《あら》わにした言葉に聞こえた。

彼は、催眠術などいらないと言う。使い方次第で神に近いことが出来るこの力を。他でもない、エスペリオン内で最も優れた催眠術士である彼が。

「力はきっと人を幸福にはしません。行きすぎた能力は、正義を見失わせる。不幸なことだけど、その不幸を感じ取ることさえも難しい。現在の世界が誰かによって望まれたものだと言うのなら、これほど悲しいことはありません。傍から見て面白そうに見えても、僕たちからしたらたまったものではない。ＥＧＯの親玉が、もし本当にそういう存在だというのなら、許容することは出来ません」

「ＥＧＯの親玉？」

「聞いてはいませんでしたか？　ＥＧＯには電磁波のような意思があり、あの巨体を操作して快楽を得るために街と人を蹂躙していると」

そういえば昨日先生が話をしていたが、イプシロンによって中断されたのだった。……以前の倫理の授業でも話題になった気がする。朧げだった記憶が徐々に戻ってきた。僕はどうして倫理観の話は覚えていて、そのことは忘れていたのだろう。

真実ならば、その〝意思〟とはどういう精神構造をしているのか。非人道的にも程がある。

「きっと、子供が無邪気にアリを潰すのと同じ感じなのでしょう」

「そんな……」

「いつか僕たちも一般市民に対してそういう感情を抱く時が来てしまうのかもしれませんよ。催眠術は、僕たちと市民を隔てるには十分すぎる力だ。どれだけ気を付けていても、

ＥＧＯのように力に溺れるときが来るのかもしれない。考えると……とても怖くなります」

「来ないよ、そんな時は」

「タケシも同じことを言っていました。ですが、そんな彼もいなくなってしまった」

「……」

「僕たち催眠術士は、ＥＧＯがいなくなったら潔く消えるべきなのかもしれませんね」

「悲しいこと言わないでよ。鋼堂もさすがにそうは言ってないでしょ」

「今、本部では大いなる〝計画〟が行われています。計画が成功すれば、ＥＧＯに対して大きな打撃を与えられる。奴らとの戦いが終わるという未来は、決して夢想ではなくなってきています。今、ＥＧＯは停滞しているでしょう？　あれも計画の成果なのです」

「え？　テレビでは原因不明って言ってたけど、エスペリオン本部の功績だったんだ」

確かにあのＥＧＯの停滞現象は妙だと思っていたが、本部の力によるものだったとは予想外だ。だったらもっと公表すればいいのに。世間にはともかくとして、少なくとも僕たちにくらい話があってもいいのではないか。

「はい。だからこそ、僕たちはＥＧＯがいなくなった先の未来も見据えなければいけない……そしてその未来に、催眠術士の居場所はないと……僕は思う」

「そんなことは――」

ないとは言い切れなかった。この日本で催眠術士と呼べる者は百人もいない。圧倒的なマイノリティ。催眠術士の存在と特性は既に世間に知れ渡ってしまっている。他人を意のままに操れる僕たちを、世間はどういう目で見るだろう。想像に難くない。

「恐れ、排斥《はいせき》しにかかることは今までの歴史が証明している。人は自分と違う存在を警戒する特性を持つ。しかも人の意思を操作出来るなんて、そんな歩く人権侵害を見逃すとは思えない。良くて研究施設行き、最悪投獄」

「さ、さすがにそれは穿《うが》ち過ぎだと思うよ。昔ながらの医療催眠士《セラピスト》さんはどうなるのさ。医療施設とかに斡旋されて、ＥＧＯのせいで精神損傷した患者のケアに回る道だってある」

「昔の催眠術士と僕たちは違いますよ。僕たちはちょっとでも〝死ね〟と口にすれば、一般人を殺してしまえる。うっかりで人の命が消える。街でゴリラやクマが闊歩しているようなもの。僕たちは一般市民にとって本当に危険な存在なのです。ＥＧＯでもいなければ野に放たれてはならないまさに人間兵器」

僕は……どうしても、祖国の復興に力を使いたい。けれど、どうなんでしょう。人の意思を捻じ曲げる催眠術を使って復興に成功した国を、世間は認めてくれるのでしょうか。

そして催眠術士として知られてしまった僕を、再び王子と称えてくれるのでしょうか。僕が人の上に立てば、国民は自身の意思を疑い出す可能性さえある……最近、僕は自分に〝王子〟としてのイメージが湧かないのです」

何となく、R王子が外の世界に出られない理由が分かった気がした。先生も言っていたが彼は優しすぎる。

「リーダー殿には、展望はあるのですか？　EGOがいなくなったその先の」

「どうだろう。僕は……」

EGOを倒したい一心で頑張ってきた。そんな記憶だけがある。先の未来を一番考えていないのは、もしかしたら僕自身なのかもしれない。

「あなたも〝彼〟も、EGOへの復讐が動機で動いているとは思えないですね。怒りの感情が見えない」

「……そうかな」

同様のことをパイにも言われていた。だが〝彼も〟というのはどういうことだろう。僕以外に復讐を動機としている者がいただろうか。

「ねえ、リーダー殿」

「うん？」

「本を読みますよね、あなたは」

何故か断定されていたが、確かにその通りだった。

「ミステリ小説とか好きです？」

「うん。図書室にあるやつは、たまに読んでいるけど」

「今あなたの置かれている状況は、まさにその登場人物のような感じです。警察の介入のない場所で殺人事件が起こり、あなたは犯人だと疑われていて、それを解決するために真犯人を探している」

「ああ、言われてみれば」

まさか自分自身がこのようなシチュエーションに追い込まれるとは考えてもいなかった。

「本を読んでるときは、主人公の動きを面白がったりして〝なんで今それやるんだ〟とか〝自分ならこう動く〟とか思ってたけど……当事者になってみるともう楽しんだり出来ないよね。つらいことが多すぎる」

「やはり犯人と疑われたことがですか？」

「いや……一番はやっぱり鋼堂が死んだこと」

「……」

「僕とあいつはそんなに仲が良かったわけじゃないけど、やっぱり身近な人が死んじゃうのは、心に虚しさが残る。こういうのが残念な気持ちって言うのかな。僕は鋼堂に死んでほしくなんかなかったんだ」

「そうですね……タケシも、死を望んでなどいなかった」

「ああ、だから早くこの状況を終わらせたいよ。どうしても真実が知りたい。たとえ僕がこの手で殺したというのが真相だったとしても、受け入れる。とにかく、何がどうなっているのかを知りたい。ここがエスペリオンでも、催眠術という不確定要素があったとしても、皆で知恵を振り絞れば真実は見えてくると、僕は信じている。それが、鋼堂にとっての一番の手向けになると思うんだ」

「ふふ」

何故か王子が薄く笑う。

「いや王子。君の発言のせいでもあるからね、僕が犯人だって言われているの」

「ええ、けどあなたも全然事件の話をしないから……普通なら、真実しか言えない催眠のかかっている今のうちに、僕に色々と聞くべきなのに……聞かれたら何だって答えるのに、あなたはこちらの話に付き合ってくれた……お人好しなんですね、あなたは」

お人好し。パイにもその表現を使われてしまっていた。

「じゃあ、今から色々質問するよ。さすがに何も聞かずに終わり、ってのは出来ない。いいよね、王子」

「ええどうぞ。まだ時間はありますから。けれどどうあがいても、あなたは今日という日の終盤、真実を知ることになるでしょう」

「？」

「その真実が、あなたにとって痛々しいものでないことを祈ります」

「君の言う真実っていうのは、ここで話すことは出来ないの？」

「……」

口を開けば告げてしまう。王子の目がそう語っていた。

「分かった。せいぜい、王子の言うことを信じるとするよ。僕の三カ月間の記憶にある君は……不必要に、他人を騙すような人じゃなかったから」

「ありがとう」ほっとしたように、王子が言う。

「ねえ、しつこく聞くけど……昨日の深夜、君は本当に僕を見ているの？」

「僕は吾妻福太郎を間違いなく見ています。ですがあくまでレクレーションルーム①の前で見たというだけで、殺害の現場を押さえたわけではありません。更に言えば、僕のこの記憶が催眠で植えつけられたということはないか、と聞かれれば〝分からない〟と答えます。催眠を受けた記憶さえも催眠によって消されている可能性を否定はできません」

なるほど。作られた記憶である可能性もあると。ただ、その場合は――。

「その仮定で考えていくと……それをやったのは、パイ殿以外には考えられません。教員役の彼では僕に催眠をかけるにはランクが足りない。あの年齢では成長もしていないでしょうし。タケシを除いて、僕に催眠をかけられるのは彼女だけです」

「……王子、君は彼女を疑っているの？」

「僕は本当に、タケシの殺害が何故起こったのか〝分からない〟。ただ、吾妻福太郎が犯人でないのだとしたら、次に怪しむべきは彼女だと……思います。僕は彼女が何を考えているのか、今回の事件に関与しているのか、何も知らない」

真摯さが伝わってくるような、冷静なようでどこか必死さがある声質だった。

「王子。君はパイちゃんのことを今まで、どういう風な目で見てきたの？」

「催眠力ランク４の怪物」

「……」

「パイ殿とあなたが転校してきた三カ月前。初めて彼女を見たときから、僕は少し怖かった。ランク４という力は、この世界の全ての人間に対して催眠をかけられる存在……最も神に近い催眠術士」

「……」

「彼女には気を付けてください。もし彼女が犯人だとしたら、手に負えない。何もかもを催眠で覆い隠せるのですから。あなたさえ、既に催眠をかけられている可能性がある」

「……大丈夫。僕にはイプシロンが傍にいるから」

その神に一番近い少女に、唯一対抗出来るあいつが近くにいる。

「イプシロンが彼女と共犯だったらどうするのです？　彼はそこまで信用出来るのですか」

「あ……」

どう返していいか悩んだ。元々信用はしていないからだ。

「あの二人は同じ施設の出なのでしょう？　裏で手を組んでいるかもしれない」

「いや……でもあいつ、女の手助けはしないっていつも公言してるし」

「本当にそうですか？」

「え、えぇ……た、確かにたまに仲良いのかな、って思うときあるけど……そんな」

「彼らとあなたを引き離したのは、この話をしたかったからなのです」

王子が懸命な表情をしているからか。そこまで言われると、少しだけ疑心暗鬼になる。

パイが犯人のケース。考えないようにしていたが、筋が通ることは多い。彼女は、エスペリオン内の全ての人間に催眠をかけられる。彼女が犯人なら、先生と王子の不自然な発言の数々も説明がつく。『お前たちはこの場で深夜、吾妻福太郎を見た』と刷り込ませるだけでいいのだ。鋼堂に至っては『深夜自殺しろ』の一言で事足りてしまう。パイと鋼堂には前日ひと悶着があった。——まずい。一度考え出したら、止まらない。

「ふん。言いたい放題だな、R」

イプシロンが林の中から現れた。背景の緑と対照的な白髪と白い肌のせいで、反転した影絵のように見える。にやにやと笑いながら、こちらに近づいてくる。王子の体がビクリと震える。

「イプシロン、聞いていたのですか。邪魔をしないでと言ったのに」

「少し話が逸れようとしていたからな。俺が軌道修正に出向いてやったまでだ。そもそもリーダーとはもう十分に話が出来たんじゃないか？」

「まだ早いでしょう。僕は彼に事件のことを……」

「R。お前、本当は全員を疑っていたんだな。可哀相に。なまじ事前知識があったが故に、事件に直面して最も真実から遠い位置に行くことになったのかもしれん」

「イプシロン……あなたは知っていたのですか？　タケシが、殺されると」

「さあな」

「もしそうなら許さない。僕はそんなこと、知ってたら絶対に協力などしなかった。……

出来ればリーダー殿には全てを解明してほしいと思う」

どういうことだ？　二人は事前に何かを知っていたのか？　このような事件が起きる前触れを、感じ取っていたとでもいうのだろうか？

計画という単語を思い出す。だがそれが具体的に何なのか、全く分からない。

「イプシロン。どういうこ……」

「おいリーダー。お前、パイが犯人だと思うか？」

「え？　いや……」

「ああ、質問が悪かった。じゃあこう聞こう。今回の事件において、一番厄介なケースというのは何だ？」

「厄介なケース……」

やはり、パイが犯人のケースなのだろうか。確かにその場合、今までの全てが不安定と化し、何でもありになる。

「違うな。それはRとパイが〝組んで事件を起こしていた〟ケースだ」

「あ……！」

「その仮定だと、レクレーションルームでパイがRにかけた〝真実のみを話せ〟という催眠は嘘。でっちあげ。そうなると、これまでの何もかもが覆る。おまけに最強の催眠力を持った催眠術士と、最優の催眠術士の二人を相手取らなくてはならなくなり、こっちは完全にお手上げだ」

「た、確かに」

「い、イプシロン、そんなことがあるわけ……！　僕は嘘を吐いていない！」

「いいな、その顔。お前のそんな慌てふためいた表情が見たいから、俺はここにしゃしゃり出てきたのかもしれない」

　愉悦に浸るイプシロンの顔つきは不気味に歪んでいる。僕は思わず目を背けた。

「ふ、ふざけないでください！」

「Rが、俺とパイが組んでいる、なんていう気色の悪いパターンを持ち出すからだろ。これは仕返しだ。ふん、だがな。パイとRが組んでいる可能性は、さっきの会話で無くなったんじゃないか、リーダー」

「え？」

「パイとRが組んでいたなら、Rがパイのことを疑わしい存在であるように言い含める理由がない。のらりくらりとかわして、リーダーのせいにでもしていればいい。けれどそれをしないで、Rはお前にパイのことを警告した。……これで、組んでいるという線は、かなり薄くなったな」

「い、イプシロン。あなたは本当に何がしたいんです？　疑いをかけたり外したり……」

「いやなに。お前たちが世間話こそ真剣に話すくせに、事件のことは理屈に沿って考えないから〝サポート〟してやってるだけだ。今回の会話で分かったことをな。

ところでR。最近ハマっていることは何だ？」

「え？　杖と腹話術でお話しすることです。夜に部屋の隅で……あっ！」

「聞いたかリーダー。これで確信出来たんじゃないか？　Rは間違いなく催眠にかかっている。でなければそんな微妙な趣味を、易々《やすやす》とこの俺に暴露するはずがない」

自信満々に言い放つイプシロン。今のは言ってて悲しくならないのだろうか。

紅潮した王子の顔を見ると、確かに演技ではなさそうだ。咄嗟の質問に無意識に答えてしまった様子。言えないと強く認識している事柄でなければ、正直に口に出してしまうのだろう。

王子は真実しか言えない状態にある。それはつまり、パイは間違いなく催眠をかけたということ。いや、冷静に考えればそもそも疑う余地などない。王子に向けて放った、パイのハイベルガーボイスを思い出す。あの威圧感、雰囲気、声の質。あれが「ふり」であるとは考えづらい。

「く、屈辱です。イプシロンに知られるなんて」

「ああ、その真っ赤になった顔つき。いいぞ、もっと感情的になってくれ。その杖には名前を付けてるのか？　どうか俺の私物にも勝手に名前を付けてくれ」

　王子をいたぶる発言を臆面もなく続けるイプシロン。理論的な考察をするふりをして、その実やりたい放題なだけに見える。

「良かったなリーダー。ここまでの情報を統合すると、パターンは二つに絞られたぞ」

「どういうこと？」

「まずはRが犯人であるパターン。タケシに自殺するよう催眠をかけ、クソ教師に催眠をかけ、最後に〝自己暗示〟でリーダーが犯人であるという記憶を自らに植え付けた、という説。

　もう一つは……さっきR自身が口にした、パイが黒幕であるパターンだ」

　抜け抜けと言い放つイプシロン。こいつは結局パイが犯人だというパターンを否定はしないようだ。

「そんな……パイちゃんが犯人であるはずが……」

「ない、とは言い切れないだろう。動機もなくはない。——今回の卒業試験。お前はパイから、奴の課題について聞けていない」

　まさかイプシロンは彼女の試験課題が〝鋼堂タケシを殺害すること〟だったとでも言い

たいのだろうか。

「その可能性が否定出来るか？　ここはエスペリオンだ。温《ぬる》い考えは捨てたほうがいい」

「イプシロン。お前は、パイちゃんがやったとずっと考えていたのか？」

「さあな。俺の考えなぞどうでもいいだろう。重要なのは、お前がどう思うかだ」

「……」

僕はR王子を見た。王子はすぐに目を逸らす。まさか……これが先ほど彼の言った〝痛々しい真実〟だとでも言うのだろうか。いや。

「いや……違う。パイちゃんが犯人であるはずがない」

「ほう、その根拠は？」

「……物理的な証拠は、何も無いよ。けど今まで話をしてきて……彼女が犯人であるとは、どうしても思えない」

拙い感情論だ。ただのフィーリングによる勘。だが今はその直感に従いたい。それも疑い出したら、僕は自分さえも信じられなくなる。

「そうなると、Rが犯人か？」

「いや……王子も犯人だとは思えない」

我ながら甘すぎるとは思う。けれどどうしても二人が犯人だとは思えないのだ。

「おいおい、欲張りな奴だな。じゃあ、犯人は誰なんだ。やっぱりお前なのか？　実は俺はお前だと思っているぞ、この人殺しめ」

イプシロンは僕のサポーターという役割をとっくに放棄していたらしく、僕を混乱させるようなことばかり言う。

「イプシロン、まだ猶予《ゆうよ》はあるよ。結論を急ぐことはない。調べる時間はあるんだ」

「ないって。もう飯食って寝ようぜ」

僕はR王子に向きなおった。パイの催眠は一時間という制約を設けていた。残り時間は少ない。けれどこれ以上を王子に聞いたとして、彼も黙るだけだろう。

「ありがとう、王子。僕はそろそろ行くよ。まだ調べなきゃいけない場所があるしね」

「いいのですか？　まだ僕に聞くべきことがあるのでは？」

「大丈夫。自分の足で調べてみるよ」

彼も事件について色々考えている。それも貴重な情報だ。

「分かりました。言えることが制限されていて、申しわけない。リーダー殿……今日あなたとこうして話が出来てよかった、僕は本当にそう思っています」

右手を差し伸べる王子。まるで今生の別れのような演出である。断る理由もないのでその手を握り返す。彼の手はどこか冷たく、だが柔らかかった。

「……ねえ、王子。最後にちょっと聞きたいんだけど……事件に関係ないことだから、別にどうでもいいことなんだけどさ」

「？　はい、何でしょう」

「いや違ってたらアレなんだけどさ。君って——女の子じゃない？」

◆

「ど、ど、どうして、そ、そそう思うのです？」

その質問をしたときの王子の反応はあからさまだった。口調は乱れ、手が震え、杖を落としてしまう。

「ぼ、僕は、僕はお、おと……」

ガタガタと体が震えていた。真っ直ぐ立つことさえ難しいようだった。

何だ、この反応は。王子の露骨な態度に、見ているこっちが焦る。真実しか言えない催眠のせいなのか？　「男だ」と言い張ろうとしているが、体が拒否している？

「あ、ああ、な、何故」

「いや、一昨日と今日で、二回も抱きかかえる機会があって……そうなのかなって」

「……」

王子は黙り、下を向く。ゆっくりと深呼吸を繰り返していた。体の震えは止まりつつあった。僕が言うのも何だが、そんなに動揺することなのだろうか。

「な、なにぃ！　女⁉　嘘だよな、R！」

いつの間にか消えていたイプシロンが、再び林の中から現れ王子に迫ろうとする。むしろこいつの方が動揺している。僕は腕を突き出して制止した。

元より男とも女ともとれるような中性的な容貌。低い身長、華奢な体躯は、まだ性徴期が来ていないからだと思っていた。まさかとは思っていたが……本当に……。

王子は観念したかのように、僕から目を逸らしながら言った。

「そうです、僕は……女です」

「やっぱり。どうして隠していたの？」

「幼少期から、周囲からは性別を偽るように言われてきました。せっかく催眠力を持った子供が王族から現れたのに、性別が女だと王位継承に支障があるから男として振る舞えと」

「そんな……いやいやそんな。もう王子を縛る国はないのに。……ああ、王子呼びでいいの？　姫の方がいい？」

「……今まで通りで結構です……僕自身も納得してやっていました。いずれ祖国再建を成し遂げたとき、女の身分では確かに何かとやりづらい部分が多い、と。だから性別はなるべく偽るようにしてきました」

「そんな！　俺のRが！　女だなんて！　嘘だ！　おあああ！」

じたばたと、イプシロンが騒ぎ立てる。服が汚れることも厭わずに土の上を転がり回っている。僕はイプシロンを押さえつけながら聞いた。

「先生は知ってるの？　このことを」

「教員役の彼と、タケシは……知ってました。他の人にはさりげなく催眠をかけ続けてきました。〝僕は王子ですからね〟と」

「え……」

そんな程度で気付かないものなのか？　実際に今の今まで気付かなかったけれど。

「王子という単語は基本的には男性の呼称。それを毎日のように微細なハイベルガーボイスで口にしていけば、催眠はうっすらとですが皆の深層心理に影響を与える。些細な言葉も継続することで効果を発揮し、誰も僕の性別を疑問に思わなくなる。……直接接触してしまったあなたには、効果をなくしてしまったようですが」

僕を見る。催眠というのは基本的には三日より長い期間は効果が持続しない。王子はこまめにその言葉を口にしていたということだ。今思い返すと、確かにそれとなく言っていた気がする。

同一の催眠をかけ続けると徐々に効果を失っていくと言うが、結局その催眠は直に触れてしまえば脆く破れてしまう程度のものと化していた、ということか。とはいえ今まで騙されてきたのだから、さすがは催眠力3である。

「うわあああああ！　R！　R！」

隣でイプシロンが泣き叫んでいる。催眠が効かない体質のくせに、言われるまで気付かなかったのがむしろ驚きである。

「お、終わった」

王子が俯く。

「僕の今回の試験は〝女であることを隠し通せ〟だったのに。……知られてしまった。もう駄目だ」

王子の意外な試験課題が明らかになる。鋼堂のように催眠力に直接関与するものだと勝手に思っていたが、違ったようだ。改めて、試験課題は生徒各々に合わせた独自性の高いものに設定されていると認識する。

そうだ。殺人事件のことで忘れてしまいそうになるが、今もなお試験期間中なのである。今更だが僕の試験課題は〝女子生徒の大切にしている物〟だった。

女子生徒の大切にしている物。

女性の……。

あ……。

「ねえ、王子。取引しない？」

「と、取引？」

と彼は……いや、彼女は顔を上げる。女だと自覚した後に改めて王子を見ると、爽やかさより女性らしさを感じ取ってしまう。催眠が完全に切れたからなのだろう。何だかやりづらい。

「僕は君が女だって、先生には言わない。騙されたふりをしてあげる」

「ほ、本当ですか？」

「ここの監視カメラも音声までは拾わないだろうしね。だから、こちらのお願い事を一つ聞いてほしい」

「ね、願っても無い！　何でも聞きます！　何でも言ってください！」

女の子が何でも言うことを聞きます、などと気軽に言うべきではない。男性として生きてきた彼女にはその辺が想像できないのか。まあいい。

「死ね……死ね……リーダー、死ねって言え……催眠をかけろ」

背後でイプシロンが呪詛《じゅそ》のように囁く。無視して続ける。

「あのさ。ちょっと言いにくいんだけどさ」

「な、何でしょう！　お金関係でなければ！」

「ごめん、ある意味ではお金にも代え難いものなのかもしれない——君が大切にしている物を、一つ……僕にくれないかな」

「え……」

王子の目から光が消え、距離を空けられた。

僕は慌てて王子に自分の試験課題を説明する。隠していても意味がない。僕の催眠は一切、彼女には通用しない。彼女から大切にしている物をもらうには、純粋なネゴシエーションしかないのだ。

僕の話を聞きながら、王子は黙ってコクコクと頷いていた。

「嫌な試験課題ですね。あなたが嫌がりそうな……あなたのことを理解している……ということは彼が考えたのでしょうか」

「彼？」

「いえ」

王子は逡巡した後に、杖に目を向けた。

「この杖……いえ、これでは足りないか。ストックもあるし。でもそれ以外だと」

ブツブツと呟いている。間違いなく、彼女は僕に大切にしている物をくれようとしている。僕が彼女の性別を黙っていて、かつ僕も彼女の大切にしている物を得る——ウィンウィンの関係を狙っている。聡明な王子らしく、判断も早い。

「その大切にしている物、というのは物質でなければならないのですか」

「いや、形のない物でもいいらしいけど」

一瞬「下着でもいいんだよ」と言いそうになった自分を恥じる。それを口にした瞬間、僕はイプシロンと同じところに堕ちるだろう。

王子は目を瞑り何かを考えるように俯いた後、やがて決心したように続ける。

「……ならばうってつけのものがあります——僕の本当の名前です」

「本当の、名前？」

「はい。皆さんが呼んでいるRというのはただのイニシャル。僕の国では、名前は婚姻相手をはじめとする特に親しい人間にしか教えてはならない、という慣わしがあります。この施設では、タケシにも教えてません」

日本では考えられない風習にやや面食らう。

「そ、そうだったんだ。いいの？　試験とはいえ僕に教えても」

「ええ。それに名前を教えていい時は、もう一つあるんです——死別のとき」

「し、べつ？」

確かに、ここでお互いに卒業してしまえば、かなり高い確率で王子と再会することはないだろう。だが死別という程の別れになるのだろうか。縁起でもない。

こちらが戸惑っているうちに、王子は躊躇なくそれを口にする。

「僕の名前はルビィナです。誰にも言わないでください……これは僕にとって本当に大切にしているもの。この名を記憶していれば、ほぼ間違いなくあなたは今回の試験に通るでしょう」

ルビィナ。その名が記憶に刻まれる。催眠でも使われない限り、試験終了までに忘れることもないだろう。ならば確かに、これで僕の試験課題は完了したと言える。

「あ、ありがとう、王子」

かろうじて礼を言うが、声は少しだけ震えていた。

僕が卒業確定となる。外に出られる。

何故か現実味を帯びない話のように思えた。催眠の技術にほぼ関係なく、僕は課題を達成してしまった。これでエスペリオンは納得がいくのだろうか。それともここから先に、まだ何かがある？　……いや、考えすぎか。

「あの。これで僕の性別に関しては内緒にしてもらえますか」

ずい、と前に出てくる王子。

「うん……もちろん」と返すが、そんなにも念を押してくるのなら、『僕を男と思え』と強い催眠を僕にかければよかったのではないか。そうすれば試験終了時までは誤魔化せるだろうに。それをやらなかったのは、王子の人柄というべきなのか。

「あ、あの。何で気の無い返事なんですか？　イプシロンじゃありませんよね。本当にお願いしますよ。絶対に誰にも言わないでくださいね。性別も、名前も」

「分かった。じゃあ試験が終了したら、名前もなるべく忘れるように努めるよ」

「え？　い、いえ……それは」

そう言うと、今度は納得いかなそうに眉をひそめる王子。一体、彼女は何がしたいのだろうか。

「じゃあ、僕は行くよ。ありがとう王子、捜査に協力してくれて」

「……あ」

手を振り、背を向ける。何故か名残惜しそうに王子は口を開きかけたが、止めた。

「大丈夫だよ、約束は守るから」

最後にそう付け加えた。本心だった。

――が。

少し離れた位置にいるイプシロンを見る。真実を知ったのは僕だけでない、奴もなのだ。イプシロンがバラすかどうかは、僕には分からない。王子はイプシロンの方にこそ念入りに口止めをするべきだったのに、どうしてそうしなかったのだろうか。

本音を言うと、イプシロンがバラしても構わないとさえ僕は思っている。話していて再認識したが、僕は王子が試験に受かることに乗り気でない。国の復興のためにEGOと戦おうとする王子は立派だが、自身が前に出る必要性は感じられなかった。だいたい彼女は性格からして戦うことになんて向いていない。その催眠力はもっと別の方向で活用すべきだ。

いや、そもそも先生に課題達成を伝えれば、王子が女だと僕にバレたことも先生には分かってしまうのでは？

王子も僕も、考えが足りなかったようだ。

中庭の出入口のドアに近づく。

気付けば、イプシロンが接触しかねない程、背後に迫っていた。

「イプシロン……話を聞いていたのか」

「お前さ。パイには散々、課題のことさえ教えるのを躊躇していたくせに、Rには戸惑い無く話すんだな。人によって態度変わりすぎだろ。蝙蝠《こうもり》野郎だな」

確かにその通りではある。王子に課題のことを切り出すことに抵抗はなかった。まるで「ああ女の子だったんだ、じゃあこの子から大切にしている物をもらうんだな」と短絡的な帰結を誰かに押し付けられたような感覚。結果的に成功したからいいものの、何かに流されているようなこの空気には違和感がある。

試験課題の期限が迫っていた、ということもあるが……きっと何でもすると言う王子の態度を見て、気が緩んだのだ。彼女の誠実さに無意識に甘えてしまったのだろう。

そのとき、草木の影から音がした。誰かが巨大葉を避けて、こちらへ近づいてきていた。

「パイちゃん……どうしてここに？」

「結構時間がかかっているようでしたから、様子を見に来ました。話は終わりましたか？」

「あ、ああ……今終わったよ」

王子との会話の中でパイの話が多く出ていたことに、彼女は気付いているのだろうか？パイが黒幕である可能性。もしそうならば、様々なことに説明が付くということ。

彼女の顔を見る。相変わらずの無表情。何を考えているのかは分からないけれど、邪悪なことを目論んでいるとはどうしても思えない。

「では今度は私の方からR君に、質問したいと思います」

「かのじ……彼に、質問?」

「はい、今のうちに。もうすぐ、私のかけた催眠が解けてしまいます……たぶん、福太郎君のことだから肝心なことは聞けていないと思うので、私からも色々と尋ねようかと」

随分な言い様だった。一体何を聞くというのだろう。

焦っているのか、パイは僕を押しのけて中庭の中央ベンチへと向かう。R王子は僕との会話のせいか、少し疲れた顔をしていた。

「パイ殿? どうしてここに?」

王子が目を見開く。つい先ほどまで話題にしていた彼女が目の前にいるのだ。面食らっただろう。

「R君。催眠が解ける前に、あなたに聞いておきたいことがあるんです。どうせあなたと福太郎君では、事件について進展させられるような会話が出来なかったでしょう。あのとき、吾妻福太郎を見たと頑なだったあなたでは、間違いなくそう。せいぜい、私が犯人ではないかと吹き込むことしか出来ない」

「!」

パイは若干の怒気を孕《はら》んだ声で続ける。

「私は犯人ではない。けれど、それをこの場で言っても仕方ないのでしょう。私も催眠にかかっているかもしれないし、あなたもそう。私とあなたが話をしても、千日手になってしまう」

「……」

「だからいいのです。もっと気になることがあります。R君――〝計画〟とはなに？　先生とコソコソ何を話していたのです？」

「……」

押し黙るR王子。彼女にとって、絶対答えられないことなのだろう。間違いなく、催眠が解けるまでの時間稼ぎをしようとしている。しかし、パイはそれさえも許さなかった。

「黙秘は許しません。『あなたは真実を話したくて仕方ない』」

「！」

王子が目を見開く。僕も同様。

命令ではなく欲求を促す催眠。そういうかけ方もあるのか。そんなことをしたら、R王子は黙っていることも出来ない。

隣を見る。イプシロンは鼻をほじっていた。王子が女だと分かってから明らかにやる気がない。普段だったら「人権侵害だ！」などと言って王子を庇いそうなのに、今では一切興味がないようだった。

「あ……ああ……」

王子が喉を押さえる。何かを必死にせき止めているような表情。

「もう一度聞きます、R君。〝計画〟とは何？」

「う……く……コウジゲンジンをここに集中させる計画です」

「は？」

「その意識を集中させるのです。隙をついて日本は態勢を整えます」

コウジゲンジン？　何を言っているのだろう、一瞬思考が止まる。

「コウジゲンジンとは？」

「ぼ、僕たちを嘲笑っている連中。彼らに復讐をしようと、話を持ちかけられました」

僕とパイは顔を見合わせる。まったく分からない。どういうことなんだ？

僕が聞いた〝計画〟は、EGOを停止させるためにエスペリオン本部が色々動いている、というもの。だが今王子が口にした計画は随分と荒唐無稽《こうとうむけい》なように思えた。少なくとも復讐なんてニュアンスは出てきていない。EGO停滞の計画と、パイが聞いている計画は別の物なのか？　計画とは複数あるのか？

「イプシロン、お前何か知ってるか？」

「はちみつが食べたくなってきた」

知らないようだった。そもそも、その計画とは今回の殺人事件に関係があるのだろうか。リンクしているとは考えづらい。ならばこの質問自体に意味がない。

パイが続けて聞く。

「その計画の賛同者とは？」

「僕と吾妻福太郎とタケシ、イプシロン」

どういうことだ!?　今王子は僕の名前を言ったのか？　パイが僕を見る。

「い、いや知らない！　そんなの聞いたこともない！　イプシロン！　お前は!?」

「やべえ、トイレ行きてえ」

「真面目に答えろよ！」

パイは振り返り、更に質問を続ける。

「R君。今回の事件、あなたは激しく動揺していました。あなたにとって、不測の事態が起きているのですか？」

「は、はい……僕はタケシが殺されるなんて、聞いてなかった。本当に犯人が許せない。けれどここまで計画が進行している以上、僕の意思で全てを終わらせるなんてこと……出来ない」

何なんだ？　やはり〝計画〟とは今回の殺人に関係があるのか？　何かを起こそうとしていたが、失敗して鋼堂タケシが死んでしまったのか？　コウジゲンジンは殺人に関連する単語なのか？　答えがすぐには出ない。

R王子が、杖に全体重を預けたまま座り込む。

「や、やはり……あなたは危険ですね、パイ殿。あなたにこのような催眠をかけられると止められないから、僕は接触したくなかった」

「逃げるつもりですか？　ダメですよ、まだ聞きたいことがあります」

そうだ。R王子は走ることが出来ないため、ここから逃げることも適わない。非常に申し訳ない気持ちになってくるが、このまま質問は続くだろう。

「いいえ、逃げられます。不本意ですが、終わりにさせてもらいますよ」

王子がポケットから、手のひらにすっぽり収まるほどの何かを取り出した。

――小さな手鏡だった。彼女はそれを見ながら、

「『僕は眠らなければならない』」

「R君！」

王子は目を瞑る。真っ直ぐだった首が折れて、体も揺れる。僕は咄嗟に手を伸ばした。

肩を摑むと、腕に彼女の体重が一気にかかる。羽のように軽いのが幸いした。ゆっくりと、彼女をベンチの上に横たわらせる。

「な、なるほど。さすがですね、R君。そういう手段で質問から逃げるとは」

パイの顔が引きつっている。彼女としてはまだまだ質問すべきことがあったのだろう。だが王子は自己暗示という手段でこの場から逃げおおせたのだ。その度胸。鋼堂がかつて言っていた通り、確かに王子は勝負事に強いようだ。

「R君、『あなたは起きなければならない』」

眠っている王子に対して、それでもパイは催眠をかけて起こそうとする。

そこまでするのか。だが、王子は目を覚まさない。催眠術には、対象にある程度の覚醒レベルが必要だ。当然だが完全に眠っている相手には効果がない。そんなこと、パイなら分かっているだろうに。

「や、やめようよ、パイちゃん。さすがにかわいそうだ」

「随分と、彼の肩を持つのですね」

鋭い目つきで睨まれる。そんな事は無いはずだが……女性と知ったからだろうか。

「彼は手鏡を常に持ち歩いていた。いつでも自己暗示がかけられるように備えていたということなんですよ。私の中で、彼への容疑が深まりました」

「い、いや、それは」

それは王子が女の子だったからだ。年頃の女の子ならば、身だしなみを整える目的で持っていてもおかしくはない。だがそれをパイに説明することが出来ない。

「おい、もうRのことはいいから次行こうぜ」

イプシロンが林の中から退屈そうに声をかけてくる。

「イプシロン？　どうしたのです、らしくない。あなたなら、R君が寝ている隙に色々な悪戯をしそうですが」

「……」

答えず無言で背を向けた。奴は王子が女だと分かってから冷たい。

「イプシロン。お前、計画がなんなのか本当に知らないのか？」

「本部が色々やってる実験に協力したことはある。その中の一つにこいつらの言う計画があったのかもしれんが、分からん。Rの思い違いという可能性もある。そもそもそれは今回の事件に関係あるのか？」

「……」

本気で言っているのか、それとも誤魔化しているのか。判別はつかない。催眠の効かないこいつに尋問など出来ないのだから、はぐらかされたらどうにもならない。

代わりにR王子の寝顔を見る。穏やかな表情だった。彼女は一体何を考えながら今まで生活してきたのだろうか。性別を偽り続けるのは何かと大変だったろうに。

「眠られては仕方ありません、続きは彼が起きてからですね」

確かにこの逃亡は一時しのぎにしか見えない。起きたらまた尋問は始まるのだろう。だが王子が先を読んでいないとも思えない。彼女の表情を見ているとまるで、自分が寝ている間に全て終わっている、とでも言われているような気分になってくる。

「では行きましょう、福太郎君。捜査を続けないと。ここは人工太陽のおかげで暖かいし、R君なら放置しても大丈夫でしょう。彼も男の子なのですから」

そうだね、などと気軽に返すのははばかられた。僕は黙ってパイに付いていく。

何故か、彼女の銀の鎖が少し曇って見えた。

中庭から出て、白い廊下に戻る。

空気が変わった気がした。草木の匂いは消え、無機質な消毒液のような匂いがする。窓ひとつない密閉された空間。中庭との落差のせいか若干の息苦しさを感じる。エスペリオンの廊下とはこのような雰囲気だっただろうか。

「……うっ」

急に頭の奥が痛くなる。片頭痛のような頭蓋の表層部分の痛みではない。もっと芯から来るような痛み。うずくまったり、叫ぶほどではない。器質的でなく、言うなれば精神と肉体の齟齬《そご》・解離から来る違和感。まるで自分という存在が剝がれていくような。

「おい、どうしたリーダー」

いち早くイプシロンが気付く。らしくもなく心配そうな顔つきをしている。

その顔が……かき消える。と思ったら、また現れる。何だ？　幻覚か？　まるでイプシロンの姿が点滅しているかのよう。

「これは……」

僕は、疲れているのか？

「ただの立ちくらみじゃなさそうだな。視界が悪くなってるのか？　……ふむ。どうやらもう時間が残り少ないと見た」

イプシロンの声が聞こえる。パイには聞こえていないようだった。

痛みは止まる。けれど手が痺《しび》れているような、何か変な感覚が残る。

「い、イプシロン。どうも体調が悪いらしい」

「……」

イプシロンは僕の言葉を無視し、何も言わず前へ歩き出す。捜査を続けようと、物言わぬ背中が語っていた。

「福太郎君？　どうしたんですか、立ち止まって」

心配そうなパイの言葉に、大丈夫とだけ返す。白い廊下が、何故か毒々しく感じる。

僕は明らかに大丈夫でない。けれどここで捜査をストップしていいわけがない。まだ何も分かっていないのだ。

鋼堂の死。何故死ななければならなかったのか、どうやって殺害されたのか。未だに判然としていない。

だが情報は増えた。捜査は進展しているのだから、ここで止めるわけにはいかない。中途半端はだめだ。どんな真実だろうと最後までやり切らなければ。

幕間

「こちらの質問に答えてください」

――……。

「あなたは誰です？」

――[redacted]。名前は複数あり、個人としての名称を個々に答えることは出来ない。言うなれば[redacted]。

「あなたではなくあなたたち？」

――我々は集団であるが個人でもある。あるカテゴリの意識が溶け合って一つと見なされた存在。

「街で暴れる巨大な怪物……ＥＧＯ。あれを動かし、破壊活動をしているのはあなたたなのですか？」

——あれは、俺／僕／私の無意識が生み出した怪物。意識的に操作しているのは俺／僕／私の意思の一つ。

「どうしてそのようなことをするのです？　理由は？」

——つまらないから。

「……あなたは退屈だから街を破壊し人を殺すのですか？」

——肯定する。俺／僕／私はこの世界を見ていてつまらないと判断した。

「こんな時代でも科学技術は確実に進歩しています。それなのに、この世界はあなたにとってつまらないと？」

——文明の進歩と、面白さは別の話。科学が進歩すればするほど、お前たちの感情は枯れていくようだ。五十年前からこの世界はそういう意味で停滞しており、俺／僕／私を楽しませることを忘れている。だからこちらから干渉している。

「以前から、ということはかなり昔からあなたはこの世界を見ていた？」

——見ていた。

「どうやって？　あの怪物はこの五十年の間に現れたものなのに、それ以前はどうやって見ていたのです？」

——我々はお前たちの意識に入り込むことが出来る。対象は普遍的であればあるほど入りやすい。それを我々は感情移入と呼んでいる。

「我々にも、憑依出来るのですか」

——容易く出来る。お前にも既に誰かが憑依しているかもしれない。俺／僕／私とは違う誰か。しかしお前たちの観点では同一とも言える存在。お前たちを介して我々は世界を見ている。

「あなたは、どこにいるのです」

——俺／僕／私は〝ここ〟にいる。お前たちと違い、俺／僕／私はこの世界のどこにでもいてどこにもいない。しかし〝ここ〟には確実にいる。

「あなたの言う〝そこ〟に、我々は行くことが出来るのですか？」

——出来ない。お前たちはこちらに介入出来ない。お前たちが干渉出来るとしたらある手段によってのみ。お前たちは〝ここ〟を理解できない。

「どうやって、あなたは誕生したのです」

——お前たちと同様。一つ一つは母と呼ぶべきものから生まれた。〝ここ〟では依然としてお前たちと同種の個々の生命体。それらが無意識の海を通して一つの塊となって顕現した。黒い怪物はその副産物。

「どうやったらあなたは、この世界からいなくなるのです？」

――お前たちをつまらないと思う限り、俺／僕／私は暴れる。暴れた後の悲嘆や驚愕、憤怒の表現は俺／僕／私の望むところ。

「では、あなたを楽しませればいいのですか？」

――個人が意図的に俺／僕／私を楽しませることは不可能だ。だからこそあの怪物は現われた。快楽は簡単には得られない。快楽を意図して生み出す行為はなおのこと。

「そんな事は……やってみなければ、分かりませんよ」

PART. 3

僕の部屋……いや厳密には僕とイプシロンの部屋か。ここは娯楽の類はおろか勉強道具さえ少なく、鋼堂の部屋より殺風景かもしれない。必要最低限のものしか揃っていないため掃除は非常に楽であるが、今の自分にはどこか物足りなく見えた。今回の騒動が終わったら、ポスターの一枚でも貼ろうかと思う。

三人で、この部屋に違和感がないかを捜索する。

「ベッド、二つあるんですね」

パイが間の抜けたことを言う。

「そりゃそうだよ。僕とイプシロンが同じベッドで寝ていると思ったの？」

「……」

何故か黙るパイ。本気でそう思っていたのだろうか。

一通り捜索したが、気になるものはなかった。血の一滴さえも見つからない。昨日使った寝巻にも汚れはない。下階に直接繋がったダストボックスもよく調べたが、おかしなところはない。

僕自身が何かしらの隠蔽工作をしたとは思えない。催眠によって無意識下で操られていたとしたら、そういう痕跡を消すような複雑なことは出来ない。出来たとしたら意識的な行動ということになるため、必ず記憶に残っているはず。

次にトイレに向かった。バスルームは個人の部屋に備え付けられているのに、トイレだけは別で外に共用のものが設置されている。

僕とイプシロンが男子トイレを、パイが女子トイレを見に行く。

トイレに備え付けられたダストボックスを自分の部屋と同じように調べるが、やはり血痕のようなものは見当たらなかった。

「ここに痕跡がないのは、逆におかしいな。ダストボックスは各部屋とトイレにしかないはずだが」

イプシロンの言う通りだ。鋼堂の死体のあり様から考えるに、犯人は返り血を浴びているはず。その衣類はここで処分しておかないと、個人の部屋の中に持ち込むことになる。

それでは監視カメラの餌食になってしまう。そんな考え無しの行動を犯人は取るだろうか。もしくは、血の付いた衣類は別の場所に保管されている？　どこに？　この施設は、廊下以外なら中庭にだって監視カメラが付いているのに。

鋼堂の部屋か？　あそこはレクレーションルームのすぐ近くだ。監視カメラもない。……いや駄目だ。一応電子ロックがある。容易く中に入れないだろう。

廊下に出る。パイが待っていた。

「女子トイレにも、おかしなところはありませんでした」

そっか、とだけ返した。

……僕たちは女子トイレには入れない。

もし女子トイレに、血の付いた衣類の痕跡があったとして、それをパイが隠していたら、僕には何も把握できない。

「福太郎君？」

不思議そうな顔つきで、彼女は僕を見つめ返した。思わず目を逸らす。彼女は、僕がそんなことを思っているなんて露ほどにも考えていないだろう。

「信じるからね、パイちゃん」

「はい？　何をです？」

「いや……」

わざわざ言葉にするべきではないのだ。僕は彼女を信じると決めたはずなのに、王子に言われたことをまだ引きずっているようだった。

彼女が犯人であるはずがない。彼女が犯人であってはいけない。彼女が犯人であってほしくない。

「うっ……！」

またた。頭の中に、鋭い痛み。

「大丈夫ですか、福太郎君。部屋に戻ります？」

パイが背中をさすってくれる。とうとううずくまってしまったらしい。

「リーダー。お前、大分参ってるみたいだな」

イプシロンが見下ろしてくる。視界がノイズがかかったように曖昧になる。

「次はどこを捜査するつもりだ？」

言われてどう答えるべきか迷う。

「ある程度、出揃っていい。いる。それでもお前は次へ向かうのか」

イプシロンの言葉の意味が分からない。まるで何かを知っていて、それでも付き合ってやっている、とでも言いたげな口ぶり。

僕は……。

「お前は誰が犯人だと思う？　この事件の真相とは、何だと思う？　ここで眠ってしまえば何もかもが半端に終わってしまうぞ。いいのか」

いい、わけがない。

まだ僕は〝ここ〟にいたい。

意識が明瞭になる。頭痛が止んできた。

僕とイプシロンの会話はパイに聞こえていなかったらしい。〝大丈夫なのですか〟とただただ心配そうな顔つきで彼女は僕の背中をさする。

その手のひらには覚えがあった。

とても柔らかくて、冷たくて、けれど何故か温かい。

僕はどこかで、彼女の手に触れたことがある。それはどこだったか。どうしても思い出せない。

彼女の手首に巻かれた鎖が、視界に入る。

その瞬間、砂嵐が現実を揺らした。

記憶と意識が交錯する。

◇

広く白い部屋。本棚に収められた無数の本だけが立ち並ぶ場所に、白髪の少女はいた。隣には読み終えたと思しき古びた本が積まれている。らしくないと分かっていながら、つとめて優しい声で言った。

「ねえ、君はどうしてここに籠もっているの？」

少女は不機嫌そうに答える。手に持っていた本から目を離すことはない。

「私がいなくても、世界は変わらず回るからです」

「そう？」

「私より優秀な実験体は沢山いる。私より後に生まれた子の方が、綺麗に調整されている。実験体の総数が減っても、次々と新しい子が生まれていく。なら、私なんていらないでしょう？　職員にも言われました。私はベルトコンベアからこぼれ落ちた不良品なんですって。催眠耐性がまったくないからって……対ＥＧＯには関係ない要素なのに」

「職員の言うことなんて鵜呑みにしてたらやってけないよ。ＥＧＯからしてみたら、僕たちよりここの職員の方が、胁役みたいなものなんだから」

少女の灰色の瞳がこちらを見る。初めて目が合った。

「私はEGOを倒すために生まれたんです。なのにそれが許されない人生なんて……あなた、何をしに来たのです？　私を連れ戻しに来たのですか？」

「一応ね。この蔵書室は僕も気にいってる場所だからさ。占拠されたら困るんだよ」

「ごめんなさい。でも私もここが気に入っています。しばらく本を読んで、現実から逃げていたいんです。『ここから立ち去ってください』」

少女の声に力が宿る。その言葉を聞けば、誰しも強制力を感じずにはいられない。

だが、効果は無い。この身にとって催眠術はただの空気の振動でしかない。

「何故……何故私の催眠が効かないんです？　催眠耐性5以上の実験体は、まだ作られていないはず」

「効かないんだったら、つまりそういうことなんでしょ。まあ、いいじゃない。催眠術なんて邪魔なんだよね、人と人との繋がりにとって」

「邪魔……催眠術が？」

「さあ、パイちゃん。これで催眠術士としてでなく、個人として会話が出来るね。催眠術になんて拘《こだわ》っているから、自分にコンプレックスを抱くんだ。そんなもの、どうでもいい。人は催眠術無しでも生きていけるし、何にだってなれる」

「あなたは……誰？　誰なんです」

「僕は……そうだな、ミューっていう名前はどうだろう」

「今日もまた来たんですか。何度会話を繰り返されても、私はここを出ていきませんよ。正式に、研究員が私を認めない限りは」

「それどころじゃないよ。君の姉妹体の死亡報告が増えてる。この研究施設も大分資金繰りが怪しくなってきた。デザインベビーの設計図の権利だけ売って、何もかもを廃棄する気なのかもしれない」

「そうですか、では私にもいい加減お呼びがかかるでしょうか」

「いや、それだったら僕の方が先だよ。僕は対ＥＧＯ戦で役に立たないから」

「私の催眠をはじき返すほどなのに？」

「それとこれとは別の話」

「その両手を縛ってる鎖が、何か関係しているんですか」

「ふふ、意外だよ。君が僕に興味を抱くなんて」

「からかわないでください。それ、いやでも目につきます」

「大した話じゃないよ。白金と催眠耐性の相互実験をやってるだけさ。あと、僕は結構不必要な行動を取るらしくて。手錠みたいなものなんだ。……ああ、君も廃棄されないように催眠とは別の取り柄を見つけておいた方がいいよ」

「そんなもの……私は催眠術士ですから。それ以外の道は選びません」

「強情だね。僕にも君ほどの催眠力があれば、戦いに出ることを目指してもよかったんだけど」

「催眠力、ないんですか？」

「生憎《あいにく》と、そういうのには恵まれなかった。だから、少し君が羨ましくもある。僕みたいに、どれだけ願っても望んだ姿になれない人間もいる」

「……」

「君はいつかEGOと戦えるかもしれない。でも僕には、そういう未来が訪れない。僕が君たちを守ることは出来ないんだ」

「ねえ、ミュー君。エスペリオンって知ってますか」

「聞いたことはあるよ。催眠術士の教育機関。一種の登竜門だって」

「そこにいる男性教員が、非常に優秀らしいんです。その人の教えを聞ければ、あなたも催眠力を身につけられるかもしれません」

「……」

「どうしたんです?」

「いや……パイちゃん。君、だんだん明るくなってきたね。自主的に実験に参加するようになったみたいだし……もしかして、その学校に行きたいのって君の方なんじゃない?」

「い、いえ。ただ、そこの試験に合格すれば、自分の希望する職に対しての推薦をくれるらしくって」

「ああ、それで……君、そこを卒業して前線に出ようって腹なんだ」

「いけないですか」

「いけなくはないけど……そう、君は結局、EGOと戦う道を選ぶんだね」

「私たちが生まれた意味は、そこに行きつきます。私も自分の存在意義を守らなければなりません。ミュー君、あなたが出来ないことは、私が代わりにやります。その無念は……私が」

「……僕たちって、そんなに縛られてるのかなあ。まるで僕たちが人間じゃない、みたいな言い方だけどさ。僕たちにも色んな道がある、自分から狭める必要なんてない。特にパイちゃん、君は」

「またその話ですか。私は興味がありません。EGOを倒すこと以外」

「前線に出た君の姉妹は、一年以内に皆死んでる。死は、怖くない?」

「怖いのは、私が目的を果たせないまま——ＥＧＯと相見《あいまみ》えることすらなく死ぬことです」

「そう……ねえ、君はＥＧＯがいなくなった後のことは、考えたことがある？　自由に外を歩けるようになったら、君は……」

「私、そういうのはあまり興味がありません」

「興味がないのは、君が外の世界を見たことがないからだよ。四国の海はきっと綺麗だよ。僕も一度見てみたかったたな」

「海……ですか。そんなに見たいんですか、ミュー君」

「まあね。ＥＧＯがいる限り、危険すぎて近寄れないけど」

「なら……やっぱり」

「え？」

「やっぱり何としても、ＥＧＯは倒さなければなりませんね」

「最近、元気がないですね、ミュー君」

「そうかな。君の方が好調みたいだね。もう蔵書室に引き籠もる暇もないって感じだ」

「ええ、お陰さまで」

「そう……なら、僕がいなくなっても大丈夫そうだね」

「ミュー君？　どうしたんです？」

「いや……うん、役目が終わったというかさ。これ以上はどうにもならないって分かったっていうか」

「え？」

「ねえ、パイちゃん。言ってなかったけど、僕は催眠力が無い分、第六感みたいなものが優れてるらしい。だから分かる。いつか……いつか君を変える存在が現れる。そう確信してる。僕は運命の流れに対しての、サポーターみたいなものだったんだろうし、これからそうなるのかもしれない」

「な、何を言ってるんです？」

「EGOのいない外の世界を、君と一緒に見たかったよ」


「あ、おはようございます、ミュー君。よかった、以前不穏なことを言っていたから」

「誰だお前は」

「え？　な、何を言っているんです」

「人違いだ。お前など知らん。俺はミューじゃない、イプシロンだ。女子供に興味はない。

失せろ」

「い、イプシロン？　あ、あなたがあの……じゃあ……」

「実験は終了した。ミューは死んだ。もうお前と会うことはない」

「あ……死んだ？　そん、な。嘘……」

「貴金属実験も終了した。この鎖はやる。俺には必要のないものだ」

「ま、待ってください！　ミューは……ミュー君は」

◇

——砂嵐が止まる。なんだ、この記憶は。

白い少女との邂逅《かいこう》。これは、誰の視点だ。僕は研究所でパイと会ったことはない。ない、はずなのに。記憶の濁流が起きる。何もかもが、かき乱れる。

僕は気付けば膝をつき、頭を抱えていた。

無様であろう僕の姿を、イプシロンは無表情で見下ろしている。

パイはいない。どうしてなのか、ここにはイプシロンと僕しかいない。

「イプシロン……夢を見たんだ。いや、実を言うと今日はずっと夢を見ていた」

「ほう」

「光が点滅するみたいに、過去の出来事が一瞬映るんだ。でも、その中には、明らかに僕の記憶じゃないものも紛れ込んでいる」

「お前が何を言いたいのかは知らん。ただ、それはお前の夢なんじゃないのか？　赤の他人の夢を見るなんてことは、誰にも出来ない」

しらけたように言葉を続けるイプシロン。奴はいつだって、真顔で嘘を吐く。

「なあ、イプシロン。単刀直入に聞く。——僕が、ミューなのか」

イプシロンの濁った瞳に力がこもったように見えた。怒りを宿しているのか、それとも別の何かなのか。イプシロンが初めて本気で僕を睨みつける。

「……そうか、お前はミューの記憶を見たのか」

「やっぱり心当たりがあるのか。何で僕はミューの記憶を見る？　どうして僕が第七研究所にいる？　僕は両親を殺された後、本当は研究所に連れて行かれたのか？　ミューは……名前を変えさせられた僕なのか？」

「そんな記録はない」

「じゃあ、この記憶はなんだ？　催眠で植え付けられたものなのか？　いや、僕はこの手に鎖をはめていた実感がある。お前だって僕とミューが似てるって言ってたじゃないか。僕はやっぱり、ミュー本人なんじゃゃ……」

「違う。それは絶対に違う。お前はミューじゃない」

妙に強く断言するイプシロン。

「ミューなんて奴は元よりいない。存在しないんだ」

「存在、しない？　どういうことだ」

「……」

「……まさかミューっていうのは、催眠で作り出した、パイちゃんの幻覚なのか……？」

「俺に言えるのは、ミューなんて奴は初めからいなかったってことだけだ。それよりも、お前にはやるべきことがあるんじゃないのか」

イプシロンの冷徹な声は、何故かどこまでも耳の奥に響く。

「お前は、些末な過去の出来事よりも現在を優先させなければならない。そうだろう、リーダー」

「……」

「さあ、捜査を続けよう」

イプシロンが僕の頭に手をかざす。

「あ……ああ」

理由は分からないが、頭がすっきりしていた。煩悶《はんもん》を全て投げ捨てられたかのよう。

しい。

「福太郎君、どうしたんです？」

つい先ほどまでいなかったはずのパイの声が聞こえる。僕はどうやら、夢を見ていたら
「大丈夫だよ……うん、大丈夫」

立ち上がる。体は嘘のように軽くなっていた。

僕は一体何に悩んでいたのだろうか。もう思い出せないし、思い出す必要もなさそうだ。

それよりも捜査を進めなければ。

「イプシロン、僕たちは次にどこを調査するべきだと思う」

奴はつまらなそうに答えた。〝コントロールルーム〟と。

視聴覚室の奥にある、監視カメラの情報を司《つかさど》る場所。そこで今までの映像記録が見られたら、確かに捜査は終わりに近づくだろう。

だがそれは不可能なのではなかったか。教員でさえ本部許可が無ければ映像記録を見ることは出来ないと。

僕は前を歩くイプシロンに声をかける。

「ねえ、急にどうしたんだイプシロン。あそこに行っても無意味だって最初は……」

「映像を見る手段はある。お前たちには言っていなかったがな」

「お前、まさか……嘘を吐いていたのか？」

「こちらにも事情がある」

ぬけぬけと言い放つイプシロンに、僕は怒りを隠せない。

「映像が見られれば、かなり大きく捜査は進展する！　最初から教えてくれれば……！」

「何度も言うが、こちらにも事情がある」

「まさか……イプシロン。それは」

そこで、パイの方が何かに気付いたようだ。言いかけて、急に言い淀む。

「パイ。お前は黙っていろ。これはもう俺たちの問題だ」

「俺たち？　僕とイプシロンがどう関係あるっていうんだ」

「お前が考える必要はない。何にせよ、今から見に行けば問題ないだろう。……俺も懐かしい話を思い出したからな。そろそろ何もかもが終わる時間だ。今のお前が映像記録を見て、どう判断するかを知りたくなったのさ」

イプシロンは付いてこいと言わんばかりに、僕に背を向ける。パイも無言のままイプシロンと共に歩いていく。

もうすぐ終わる？　イプシロンの言葉を真に受けたわけじゃない。なのに……何故か怖くなる。

図書室に入る。元々静かな場所だったが、今は人一人いないため完全な無音状態。本、本、本。レクレーションルームより広い面積に、あらゆるジャンルの読み物が並んでいる。僕もここには小説を読みによく来ていた。

今回、本に用はない。図書室の奥の視聴覚室——更にその先にあるコントロールルーム。そこが目的だ。

「先生ですら見られないものを、私たちが簡単に見られるものなのでしょうか。イプシロン、どうやるのです？」

視聴覚室の扉を前にパイが言う。

「問題ない。〝裏ワザ〟がある」

やけに自信たっぷりにイプシロンが答える。

鉄扉を開ける。鍵がかかっていないのが意外だった。

真っ暗な部屋。埃っぽいを通り越して煙っぽい。人が出入りするのはいつぶりなのだろう。教員の言っていたことは真実だ、きっと誰もこの場所を利用していない。

「明かりはない？」

周囲を見渡してもスイッチらしきものはない。天井をよく見れば、そもそも電灯が設置されていないことに気付く。

暗い中、大量のモニターがぼんやりと視界に映る。このままでは、起動の方法どころかボタンの位置さえ不明瞭だ。

「いいんだよ、こんなもん適当で」

イプシロンが、モニターの前で蹴りをかます。腕を振り回し、キーボードらしきものを叩き始める。

「やめろ！　阿呆か！」

直接止めに入る寸前。ブン、という音がした。光で目が眩む。

「パスワードを入力してください」

人の声に似た機械音声。

大量のモニター全てに「パスワードを入力してください」と表示されている。

「ここで足止めですか」

パイが光に目を細め、呟く。

パスワード……入力しないと作動させられないらしいが、見当もつかない。

「心配するな、対策はある。いいか、聞きとりづらかったが、今のは電子音ではなく人の声だった。つまりここは機械ではなく本部のオペレーターが管理している。本部に繋がっていて〝聞かれている〟んだ」

「⁉　人間の声だったのか？　じゃあ、そもそもパスワードなんて……」

「そうだ。人が管理している、つまりここでの動向を見聞きしているのならパスワードなんて使う必要がない。俺たちに映像を見る権限がないことは明白だ。パスワードの存在はブラフなんだよ。だが相手が人間なら好都合。こちらにはそれ以上のメリットがある……催眠が使えるだろ」

ここの状況を見聞きしている相手が実在している。真実ならば、確かに催眠術は効果があるだろう。

強力な催眠術は、対象がその場にいなくても効果があるという。催眠力こそ低下するが、録音音声でもかかる者はかかってしまうらしい。電話は駄目なようだ。声が機械を経由するうちに実物とは違うよく似たものに変わる仕組みだからだそうだ。

ここの音声は何らかのマイクで集音されているらしい。オペレーターにはこちらのハイベルガーボイスがそのまま届くはず。

「い、イプシロン。何を言っているんですか。ここに入っただけでグレーなのに、完全にアウトになりますよ」

「確かに。パイちゃんの催眠力なら、機器越しでもどうにか出来る確率は高い」

「ふ、福太郎君まで。私に催眠をかけろと言うのですか？　相手は本部のオペレーターですよ。催眠耐性を持っているかもしれないじゃないですか」

「ここの生徒ほどじゃないと思うよ。あったとしても催眠耐性1程度。パイちゃんの敵じゃない」

「……え、えー、本当にやるんですか？」

珍しく気が引けているようだ。いや、普通に考えるとまずい行為なのだが。

「今は緊急時だから仕方ない。ごめんパイちゃん、お願いできないかな」

両手を合わせて頭を下げる。

「むー。一般の人相手に催眠をかけるの、ちょっと抵抗が……。私の道徳観念的に……」

「相手は本部職員だ。ある程度は覚悟してるだろ。別に〝死ね〟とかそういう催眠をかけるわけじゃあるまいし……何を躊躇っているんだお前は」

「パイちゃん……君しかいないんだ」

「……し、仕方ありませんね。福太郎君のために、一回だけやりますか」

「ありがとう、恩に着るよ」

再び頭を下げる。

「では、福太郎君は耳を塞いでいてくださいね」

パイが、機器の前で息を吸い込む。

「――『あなたは今すぐモニターのロックを解除しなければならない』」

瞬間、十以上あるモニターが全て変貌した。

一つ一つが異なる映像を映している。中庭、食堂、レクレーションルーム②、図書室。そしてそれぞれの個室。紛れもなくこのエスペリオンのリアルタイム映像だった。

「うわ……」

鮮明になった液晶に目が眩む。イプシロンの言うことは事実だったらしく、先ほどの声の主は容易に催眠にかかったようだ。でなければ映像をフルオープンにしない。

「何を呆けている？　映像をチェックするべきじゃないのか」

イプシロンの言葉に、気を取り直す。

モニターに映っているのは現在の状況。中庭には眠っている王子の姿がある。先生の個人部屋では、先生がPCに向かって何らかの作業を行っている。

何の装飾もない映像。見てはいけないプライベートの宝庫。紛れもない今の風景。

「ここのコントローラーをいじれば、時間も戻せるようですよ」

パイがモニター下のダイヤルを動かす。ダイヤルは複数あり、番号が振られていた。動かしたダイヤルと一致する番号のモニター映像が、連動して巻き戻り出した。これによって過去の記録を見ることが出来るようだ。共用部屋の映像は別に構わないが、個人の部屋に関してはプライベートの問題をまるきり無視している。見るのは非常に申しわけない。

「福太郎君、オペレーターへの催眠はすぐに解けないでしょうが、本部が異変に気付いてシャットダウンしにかかる可能性はあります。なるべく迅速に、見るべきものだけ見た方がいいと思います」

パイの言うことはもっともだった。まず最初に見るべきものは……？

「タケシだな。まずは彼の私生活を見よう」

「イプシロン、ちょっと黙っててくれ」

そもそも鋼堂の部屋には監視カメラが無い。

気を落ち着け、考え直す。

どこだ？　最初にどこを見るべきなのか。肝心要のレクレーションルーム①は監視カメラが外れている。廊下にはそもそも設置されていない。それ以外だと……。

「まあ、私の部屋でしょうね」

頭を抱えかけた僕に対して、パイが平淡な声で言った。

「福太郎君、R君と話をしてから私のことを疑い出したのでは？　ここでその疑念を晴らしましょう」

そんなことはない、と言う前にパイが自分の部屋のダイヤルを回す。

「私も気にはなってたんですよ。私の催眠耐性はこのエスペリオン最低の1。気付かぬうちに誰かに催眠をかけられている可能性は否定出来ないのですから」

「パイちゃん……」

「あ、でも一緒に見ていいのは福太郎君だけですよ。イプシロン、あなたは引っ込んでいてください」

「誰がお前の私生活なんぞに興味を抱くか。思い上がるな」

人として最低な発言だけを残して、イプシロンが部屋から出ていく。

映像記録
2105.09.02.22:00

モニターが昨日の夜の時間で一旦ストップする。

パイはベッドに入って眠っていた。支給されたパジャマを着て、仰向けになって布団を肩までかけて。

「え？　寝るの早くない？」

「こんなものでしょう」

そのままダイヤルが回され、映像が早送りになる。

2105.09.03.01:00
今日の日付であり、昨日の深夜を指し示す時間——鋼堂タケシの死亡推定時刻。
映像の中のパイは眠ったままだ。たまに寝返りを打っているあたり、ただの写真ではないことが分かる。

2105.09.03.07:30
朝になった。そこでパイはベッドから起き上がる。

「ここで起床」

パイが映像をストップさせる。

驚くべきは、彼女が九時間三十分も眠っていたことではない。昨夜からずっと部屋にいたということ。彼女自身は、確実に実行犯ではない。

「どうやら私が催眠をかけられて、鋼堂君を殺したということはなさそうですね」

ホッと息を吐くパイ。これで彼女は容疑者から外れた……のか？

……何かが腑に落ちない。彼女はずっと眠っていた。何もしていない。

本当にそうか？

僕たちは催眠術士だ。直接手を下さずとも、実行に移す手段などいくらでも……。

いや、僕は何を考えている。

彼女は犯人ではない。彼女を疑っていいはずがない。この状況で自分に味方してくれているパイを僕はどうして執拗に……。

……なんだ？

何故僕は彼女を疑わないように、自分で自分を誤魔化そうとしているのだ？ 疑ったっていいじゃないか。これは殺人事件の捜査なのだから。

催眠学園エスペリオンという舞台に、何が起きてもおかしくない場所に立っているのに。

僕は……まさか既に催眠を？

自己がぶれるのを感じた。額に手を置くと、酷い熱があった。地面が軟らかくなったように感じられ、足に力が入らず倒れかける。不安定とはまさにこのこと。

けれど、僕の手は勝手に動いていた。

食堂のダイヤルを回す。

「え、ち、ちょっと、福太郎君⁉」

2105.09.02.20:00

食堂のカメラには、パイ、R王子、鋼堂の三人が映っていた。先に食事を終えたパイは、そこから出ようとしている。

時を進める。

2105.09.02.21:00

王子と鋼堂が一緒に食堂から出ていく。食堂には誰もいなくなった。

なるほど、死体発見時に皆が言っていたことに嘘はない。二十一時以降に鋼堂は殺された。

——パイは、二十一時から二十二時の間に何をしていた？　何故、二十二時以降の映像しか見せなかったのだろう？　僕に見せたくないものでもあったのだろうか？　いや、時間的にバスルームを使っていたはずだ。その映像を僕に見られたくなかったのだろう。

だが本当に、それだけなのか？

彼女に言うべきか。二十一時からの映像も見せてほしいと。

心臓が早鐘を打っている。

何も映っていないモニターを見た。黒いモニターは、とても古いブラウン管。ガラスが僕の顔を反射する。……白髪の少年が目に入った。振り返って声をかける。

「イプシロン、戻ったのか」

「……」

何故かイプシロンは、黙ったまま僕の顔をじっと見つめてくる。

「ど、どうしたんだ？」

「……いや、次はどの映像を見るのかと思ってな」

抑揚のない声。いつものようにふざけている様子はない。むしろ、僕の身を案じているかのような……。

「次は——僕の部屋だ。僕は自分の疑惑を晴らさなければならない。パイちゃん」

「は、はい」

「僕の部屋のダイヤルを回して」

「い、いいんですか？」

「君の部屋を見て、僕の部屋を見ないわけにはいかない」

「い、いえ……あなたの部屋を見るということは……」

「どうかしたの？」

「……イプシロン。いいのですか？」

「ここで見ないと不自然だ。リーダーの好きなようにさせてやれ。今この瞬間こそが、こいつの正念場だ」

現時点では誰もいない個室を見る。該当するダイヤルを回した。

僕とイプシロンの部屋の映像が、遡《さかのぼ》る。

映像記録
2105.09.02.22:00

その時間はずっと寝ていた。僕はベッドの中にいたはず。

が、映像記録は出だしから既におかしかった。


――僕の姿が、映っていない。

イプシロンの姿はある。白髪で線の細い少年が、ベッドでスヤスヤと気持ちよさそうな顔をして眠っている。

しかし、僕の姿はない。片方のベッドには、明らかに誰もいない。

「……え」

どういうことなんだ？　僕にはこの時間の記憶などない。てっきり寝ているとばかり思っていたが、実際には違っていたということ。無意識にトイレに出向いていたか？　それともう二十二時の段階から……僕は犯人の催眠にかかって外に出ていたということか？

「ち、ちょっといい？」

僕はパイを押しのけて、ダイヤルを回した。

2105.09.02.23:00

一時間経過。部屋の様子は変わらない。

ただ一人だけが、ベッドで眠っている。

2105.09.03.01:00

運命の時間。それでも僕は部屋に帰ってきていない。

僕は一体どこにいるというのだ？　レクレーションルーム①なのか⁉

2105.09.03.03:00
二時間経過——僕の姿はない。

2105.09.03.08:00
そして今日の朝。

結局、僕の姿はない。朝になるまで戻ってこなかった。

むくりと、イプシロンが起き上がる。

入口に誰かがいるようだ。その誰かと話をした後、イプシロンは服を着替え、外へと出ていった。

…………。

次に戻ってくるのは、パイと一緒に自分の部屋を捜査しに来た時だ。


僕は、なんだ？

——僕が殺人を犯した実行犯である。

そういうことならば、まだいいのだ。

だったら僕は自身に催眠をかけた輩を捜しに捜査に戻るまでのこと。

けれど、これは違う……そういう次元の話ではない。

「ふ、福太郎君」本気で僕の身を案じるパイの声。

気付いたら尻もちをついてしまっていたようだ。床がとても冷たい。体温が低下していく。このまま目を瞑って眠ってしまいたい。

「リーダー……やはり視えなかったのか」

イプシロンの声が聞こえる。いつもと違ってどこか遠い。

「自分の姿が、視えなかったのか」

僕はここに来るべきでなかったのかもしれない。

吐き気がする。トイレに行かなければ。いや、自室の方が近いか。

立ち上がり、扉に向かう。イプシロンとパイの声が聞こえるが、構っていられない。

廊下に出ると、更に心を不安定にする美しい白が視界を埋める。

ふらふら、ふらふら。真っ直ぐに歩けない。

それでも何とか自室に辿り着いた。

洗面台の前に立つ。

胃の中の物を全部吐き出したかった。けれど、朝から何も食べていないことに気付く。

胃の中は空っぽだ。吐き出す物さえありはしない。

鏡があった。自己暗示の事故防止のために、小さくて錆だらけのぼやけた鏡。よく目を凝らさなければ使えない不完全な鏡。

限界まで顔を近付ける。

黒髪の短髪。普遍的な顔つき。黒縁眼鏡。

いつもの僕の顔がそこにある。

それが、どろりととろけ出すように見えた。幻覚だ。緑と紫が視界のメインカラーになる。気持ち悪い。でもこの気持ち悪さを、僕は取り除く術を知らない。

……催眠術。そうだ、僕は催眠術士じゃないか。この状態を治す術ならある。『僕は気持ち悪くなんかない』。そう告げればいい。

——ミステリ小説とか好きです？

そのとき、何故かR王子の問いを思い出した。

小説では一人称視点で語られたことは、主人公が一個人として感じただけの物事も、読者はそのままの情報として信じ込んでしまう。たとえ傍から見ると全く違っていたとしても。

Aという主人公の視点で「目の前には大きくて白い家がある」と語られれば、読者はその情報を鵜呑みにする。もしBというサブキャラクターが「目の前の家は小さくて赤い」と内心思っていたとしても描写されなければ意味はなく、主人公の主観が優先される。誰もBの主観を認知出来ないが故に、読者はAの主観描写を真実だと錯覚する。

大抵、物理的な食い違いはいずれ消化される。Aが大きいと言い張っても、実際にAが家に入れなかったらさすがに読者は気付く。

ただし気付けないものもある。形の無い観念や感情。仮にAという主人公が他人の意思について、も一人称視点で強く表現してしまったら？　複雑で曖昧な他人の意思は、真偽を証明する手立てが少ない。

催眠術の本質も、そういうものなのではないか。

気付いてしまったら自分に催眠は効かないのではないか。

一昨日にパイと行ったトランプゲームを思い出す。あのとき自分は、何故ジョーカーを最後に当てられたのか。あれはただの偶然なのか。物語の登場人物は催眠にかかったとされていても、ただ俯瞰《ふかん》しているだけの読者には催眠はかからない……表現出来ない何かが、あの時起きていたのではないか。

「よう」

声がした。飄々《ひょうひょう》としたいつものイプシロンの声。

振り返る。そこには確かに、白髪の少年がいた。

もう一度鏡を見た。小さな鏡に近づき、ゆっくりと顔をずらしていく。

意識したせいか、鏡が曇っていても分かる。

イプシロンの姿は、鏡に映っていなかった。


——あまりいい気分ではないですね。あなたに……他でもないあなたの顔に、そういうことを言われるのは。

——その吾妻福太郎というのは、精神的な話ですか？　それとも肉体的な話？

——両方です。精神的にも肉体的にも、紛れもなく吾妻福太郎です。

——R君、自分がこの国の王だったらイプシロンの人格はなんとしてでも処刑するって言ってましたよ。

——俺は最初からまともだ。そうではない。いわゆる解離性《D》同一性《I》障害《D》の研究だ。

——イプシロン、その話はしていいのですか。

——大丈夫だ、この程度であれなら既にあれしている。

——パイ殿。どうせここで僕がどう言ったところで、イプシロンはリーダー殿に勝手に付いてきます。分かるでしょう？　あなたが心配するようなことはありえませんよ。

——ベッド、二つあるんですね。

——そりゃそうだよ。僕とイプシロンが同じベッドで寝ていると思ったの？

その瞬間。世界が変わる。
鏡の向こうには——白髪の少年の顔だけが映っていた。

僕は誰だ？

「お前は吾妻福太郎」

僕は肉体を持っていない？

「俺と同じ体だ。ただそれだけのこと」

皆知っていたのか？

「全員知っていた。そりゃ、一目瞭然だからな。傍から見れば、一人の人間が二役で喋っているようなもんだったろうさ。お前の視界では……リーダーの視界では俺が映っていただろう。俺の視界にもお前が映っていた。まるで別人のように。俺たちはそういう風に出来ているんだ。けれど他人からは一人にしか見えない。本当に、単純な話なんだ」

僕は誰だ？

「俺の作り出した仮想人格〝吾妻福太郎〟」

◆

ＤＩＤ。多数の別人格を所有する状態。複数の偽物の登場により、その存在が疑われていたこともあったが、正式にＤＳＭ－５に併記されたれっきとした精神疾患。

人は限界を超えるストレスを抱えると、その苦痛の記憶・感情を切り離し、場合によっては忘れてしまうことで心を守ろうとする。このような〝解離〟は、誰にでも起こりうる精神反応。ＤＩＤ患者はこれが深刻化し、解離した感情・記憶が独立して別人格として形成され、明確な障害とみなされた者たちである。

精神の防波堤が脆ければ脆いほど発症率が上がるため、幼児期の虐待が原因のケースが多かったらしい。二十一世紀初頭の知識だ。

だがイプシロンのやったことは、この知識と根本からして異なる。彼はその障害を意図的に引き起こすことが出来る稀有《けう》な存在。作為的な調整体、システム・イプシロン。

「あ、あああああああああああああああああああ‼」

僕の口から出た声だった。喉よりも耳の方が痛い。

頭に手を置いて取り乱している人間が、ぼんやりと鏡の錆の隙間から見える。やはり僕だった。

自室から飛び出る。

外壁は白。僕の視界は正常に戻ったらしい。

正常？　僕の世界はそもそも正常ではなかったのに？

僕の世界は普通ではなかった。僕は異常なものを見せられていた。悟ってしまったら僕は終わりではないのか。

異常に気付いても世界は続いている。世界が正常ならおかしいのはやはり僕。僕が、僕だけがおかしい。狂気に囚われているのはこの身だけ。自分が死ねば何もかもが、丸くおさまる気がする。

「……」

後ろにイプシロンの気配を感じる。同一人物と分かってなお、彼を他人として認知出来る。僕は何をどう理解しても、おかしいままらしい。

「いや違う。この〝イプシロン〟は、そういう風に出来ているだけだ。今まで俺が作り出してきた仮想人格も、俺のことが他人のように見えていた」

〝――多重人格を意図的に作り出せば、いつか催眠術が使える人格が現れるのではないか〟

かつてイプシロンが言っていた台詞を反芻する。作為的に人格を作り出す実験。それはまさに、今ここで行われていたことだったのだ。

どこかの国にいるＤＩＤの誰かは、普段は盲目だが特定人格になるとその視力が回復したという。イプシロンは催眠術を全く使えないが、僕のこの人格は催眠力2を所持している。ハイベルガーボイスと人格形成には間違いなく密接な関係があったのだ。ああ、コンセプトは合っていた。実験は成功しているよ、僕が証拠だ。

そのような実験はきっと、このエスペリオンで日常的に行われてきたのだ。だから王子も鋼堂も先生も、のらりくらりと生活し僕に気取らせなかった。パイも昔からのイプシロンの知り合いだからこそ、僕の存在にも特別疑問を抱かなかったのだろう。

誰もがあえて僕に秘密を告げることなく、三ヵ月間ここで過ごしていた。たとえ告げられていたとして、僕はちゃんと理解できただろうか。今日までで会話の中に些細な違和感は腐るほどあった。けれど深く考えもしなかった僕は、やはりただの仮想人格なのだろう。

何も気付かぬままここまで生きてきた。きっとたった三ヵ月の人生を。

「福太郎君！」

廊下の隅でうずくまる僕の元に、パイがやってくる。白い壁が背景だと、白い髪の彼女は輪郭がぼやけて見える。まるで彼女の存在がこの施設に埋め込まれているよう。ああ、客観的に見たら僕もそうなのだろうか。

「イプシロン！　これはどういう……」

「ああ、どうも俺というシステムに気付いたらしい。自我に影響が出始めた」

気付いてなお、僕の視界にはイプシロンが映る。ああ、僕という存在は壊れることさえ出来ない？　いや、正常な状態に戻れない？

「自我崩壊ですか？　私はどうしたらいいのです？」

「落ち着け。こんなことは第七研究所でよくあっただろう」

「福太郎君はミュー君以来の完全な成功例ではないのですか？　特に一昨日からは、本当に確固とした〝人格〟でしたよ」

「一度も成功などしていないのだがな、実は。とにかく落ち着けよ、らしくない」

パイが僕の話を、僕と同じ体のイプシロンと交わしている。壮絶な奇妙さだ。僕の視界には、未だにイプシロンが他人として映っている。僕の主観と客観的事実は食い違っているはずだが、違和感が発生しないように脳が勝手に処理してくれているのか。多重人格調整体イプシロンとは想像以上に上手く出来ている。

「ねえ、パイちゃん」

僕から声をかけられたことが予想外だったのか、彼女はぎょっとした。

「君は気付いていたの？　僕がイプシロンと同一だって」

「それは……全員気付いていましたから。見れば分かりますから」

その〝見れば分かる〟が僕にはどうしても出来なかった。僕の視点は分からないように修正されていた。

「こんな僕を、君は馬鹿にしてた？」

「馬鹿になんてするわけがないじゃないですか、福太郎君自身はいつも懸命で……他人を気にかけることができる人間だった。そんなあなたを馬鹿になんて、出来るはずがない」

「イプシロンのものだと思ってた鋼堂に対しての醜い行動の数々は……この体で行われてたんでしょ？　君に酷いことを言ってたのも、この口だったんでしょ？　それを僕は止めようとして……不気味な光景だったよね。自分で自分を……」

「……い、いえ、気にしてませんよ」

「僕は……普通じゃない」

「あなたは普通ですよ。主人格である彼より、よっぽど……普通です」

「それは、普通であるように設定されたから？」

「……」

「答えろよ、イプシロン。僕のこの人格は、お前が作ったのか」

僕は僕自身に問う。返答も僕の口から発せられる。

「そうだ、俺が作った。あくまでベースだけだがな」

「僕のこの、今までの記憶は嘘だったのか？　ＥＧＯに家族を殺されたっていう記憶は？

ＥＧＯに復讐するためにこの学園に来たっていうのは……全部設定なのか？」

「お前に関しては設定だな」

ひび割れていた自分の足場が、完全に砕け散るような感覚。

ショックと同時に、どこか納得している自分もいた。そうだ、復讐のためと言いつつも、僕の心はそこまで怒りに染められてはいなかった。そうは見えないと、パイもＲ王子も言っていたではないか。

加えて僕は記憶を鮮明に思い出すことが出来ない。ここに来る前に何をやっていたか曖昧だし、両親の顔さえあやふや。実際の経験がないのだから当然だ。ぼやけた記憶はイプシロンの想像によって形づけられた幻そのものだった。

「とはいえ、ゼロから作ったわけじゃない。ある人物をモチーフにした土台、その上に〝意思〟が乗っかってお前は生まれた。お前の背景は全て、モチーフとなったある人物と同じ。完全な架空の存在じゃあ、ない」

「本当なのか？　騙してるんじゃないのか？」

全てが偽物のように見えて仕方ない。

「意思とはなんだ？」

「お前だ」

イプシロンの眼は、焦点が合ってないように見えた。

「そもそも催眠術って何なんだ？　非科学的だ。この技術は本当に存在するのか？」

「他でもないお前が、この二十二世紀にそんなことを言うとはな。お前にとって催眠術は現実的でないのか？」

「ＥＧＯって何なんだ！　つまり僕は一度もその怪物を見ていないんだろ！　本当に、そんなものがいるのか!?」

「いるさ。よく言うぜ」

「……お前の言うことなんて、信用できない」

白い床を見る。このエスペリオンとはなんだ？　何故存在している？　何故白いんだ？　まるで映写機で何かを映すために意図的に白くしているかのよう。

ああ、ああ。

ひょっとすると、ここにいる僕や皆は映写機による投影なのかもしれない。実在しているかどうか不明瞭な、あやふやな影法師。

外の世界はどうなっている。本当に外に世界があるのかどうかさえも、疑わしくなってくる。僕はここに来てから外の世界を直には見ていない。施設には窓の一つもないからだ。テレビを介してしか外の様子は把握できない。そんなことがありうるのだろうか？　何故頑なに外の世界を見せてくれないのだ。ここは牢獄なのか？

そしてＥＧＯという存在。僕は何故、こんなにもＥＧＯについて懐疑的なのか。まるで……自分がＥＧＯのいない世界から迷い込んだかのような……。

だとしたら皆のここまでの会話はなんだったんだ。ＥＧＯが存在しないのなら、皆はなんのためにいる？　パイとは、イプシロンとは、何のために生み出された？

──今までのことは実際にあったことなのか。

全てを根底から覆しかねない疑惑。

何もかも、自らの魂さえ不確かだと理解してしまったのだから無理もない。

すべては、催眠術なんてものがこの世界にあるからだ。だから一切が朧と化す。

今回の殺人事件だってそう。本当に死体なんてものがあったのか？　本当は、誰も死んでいないのではないか？　エスペリオンには最初から……誰もいなかったのではないか。

「違う。全ては確かに〝ここ〟にある。疑心暗鬼になるな。自らの感性を疑うな。たとえこの世界が幻覚だとしてもお前のその感覚は嘘じゃない。お前が見聞きしてきたこの三日間。俺たちに抱いた感情。それは嘘じゃない、確かにお前の手の中にあるんだ」

「私もここにいます。それは確かなことなんです。

本音を言えば、最初にあなたと接したときは私も〃いつものイプシロンの人格作成実験か〃と思っていました。彼は定期的に不完全な人格を生み出しては消していましたから。けれど、あなたにはどこか〃彼〃の面影があって……でも、特に一昨日からのあなたは〃彼〃とも違う、一人の人間でした。お人好しの、吾妻福太郎。たとえ作られたものだとしても、あなたはあなたです」

手を握られる。抵抗出来ない。

「私の手、冷たいですか？　この感覚も嘘だと言えますか？　私の試験課題は〃自分に正直であり続けること〃。私は不純な気持ちであなたの近くにいたわけではありません。どうか信じてください。兵器として作られた私に別の未来を提示したあなたを……一緒に海を見に行こうと約束してくれたあなたを……裏切るなんてこと、考えもしなかった」

彼女の手は温かい。けれど僕には実感がない。喩えるなら文字でだけ「温かい」と表現されているような薄っぺらさ。

全てが、嘘臭い。いる世界を間違えたような気分。

けれど、それでも。

それこそが、この胡散臭さをも包括するのが「現実」だと言うのなら。

「パイちゃん……僕……僕は……」

「福太郎君、これを」

左手に何かを握らされた。その冷たい感触が、僕を一旦現実に引き戻す。

「私の大切にしている物です。昔、あなたにとても似ていて……でも違う人に、もらった物」

白金の鎖だった。僕の試験課題。どう手に入れようかとずっと考え続けていた、昨日からの苦悩の象徴。

——今こそミューの正体も分かる。彼はイプシロンの持つ人格の一つだったのだ。だからこの鎖も、かつてはこの体が身に着けていた物。

「本当はあなたが持っているべきだと思って、返そうと悩んだこともありました。けど磨きすぎて、小さいながらも鏡面になってしまっていたので……あなたが本当の自分の姿を見てしまう可能性があって、それを考えると……」

昨日、僕が軽度の催眠を使ってまで間近で見ようとしたことを思い出す。あのとき彼女が過敏に反応したのは、それが原因だったらしい。知ってしまえば、なんてことはない理由だった。

「それに……あなたがこの鎖を着けてると……あの時みたいに〝縛られてる〟ような感じがして……ですから、素直に渡せませんでした」

「パイちゃん」

彼女の名前を呼ぶ。縛られているのは彼女の方だったのかもしれない。鎖の無い彼女の手は、とても小さくて、傷一つなくて――。

「私はもう、誰も失いたくない。あの時みたいな想いは絶対に嫌なんです。あなたはただのイプシロンの人格じゃない。ミュー君と同じ……この世界の誰かに何かを残している……少なくとも私には。ですから」

「何かを、残す……」

「ええ、福太郎君。この〝今〟を見つめて。あなたの意思を信じて」

「僕は……外の世界に……外に出て……僕は、君と……」

海に。

朦朧とする思考。うなされるように漏れ出た言葉は、彼女との未来に関することだった。

……そうか。やっぱり……僕は、彼女のことを。

彼女は慈しむように笑った。

「魂の概念を信じるならば。あなたは確かに、ここにいる」

あなたは、確かに、ここに、何もかも」

「――実際にあったことですよ、ここに――。

イプシロンでもパイでも無い声。コツコツと、廊下を歩く革靴の音がする。

「そして、あなた以外の全てのキャラクターは実在しています。間違いなく、私たちはここにいる」

先生だった。捜査中、姿を現さなかった彼が、ようやくここで登場した。

つまり、もうすぐ殺人事件にまつわるイベントは終わりだということか。

「イプシロン、どうしてあなたは自分の仕事をこなさないのです？　リーダー君が前後不覚に陥ってるじゃありませんか。あなたのせいで何もかもが予定通りにいっていない」

「ふん。今さら何をしに来たんだ？　俺たちの捜査から逃げ回っていたくせに」

「僕は自分の職務に忠実でした。監視カメラの映像を自室から見ていたのですが……」

「何だ、やっぱりカメラの映像はお前も見ることができるのか」

「個人の私室以外はね。あの時も嘘は言っていませんよ。あなたたちが見るには稟議が通らない、というのは間違いでありません。コントロールルームで映像記録が見られるのは余程の時だけ、というのも真実です。常時僕の持つＰＣで見ることが出来るのですから」

「よく誤魔化したもんだな」

「だというのにあなたたちが図書室から視聴覚室に入るのを見た時は驚きました。更に本部からモニターのロック解除の報告が来た時は、驚きを超えて頭を抱えました。まさか催眠を使ってロックを解除するとは……イプシロン、あなたは本当にロクなことをしないですね」

「今のリーダーが自分の姿を映像越しでも認識出来るのか、気になったんだ。結果はご覧の通り。だが変なタイミングで気付かれるよりはいいだろう？　最悪なのは、剝がれるより先に消えてしまうことなのだから」

「ああ言えばこう言う……大体あなた、催眠でロックが解除できると、どうやって思い付いたんです？」

「タケシだ。あいつから本部のオペレーションについては聞いていたからな」

「あの人は……」

先生が頭を抱えている。何だ？　どうして彼らは、そんなにも「失敗した」というような雰囲気で話をしている？

何に失敗した？　僕に僕の部屋の映像を見せたこと？　それだけではない。彼らは……グルだったのか？

——その計画の賛同者とは？

――僕と吾妻福太郎とタケシ、イプシロン。

王子の言葉を反芻する。イプシロン、お前は……お前は、本当は知っているのか？　やはり隠していたのか？　僕の知らない何かを。

「ああ、知っている。知っているとも」

もう、こいつが僕の考えを読み取っていたとしても驚かない。驚けない。なにせ同じ体を共有しているのだから、お互いの考えなど筒抜けだろう。その気になれば、僕もお前の考えていることを〝抜きとれる〟のではないか？

「今はもう出来ないだろう。お前は既に俺から剝がれかけている」

どういうことだ？

「お前は〝お前〟としての自我が、顕現しそうなんだ」

「それは本当ですか、イプシロン」

イプシロンの言葉に、この場で一番驚いたのは何故か先生だった。

「俺とこいつが同一人物だってことを完全に理解したあたりから遊離が始まっていた。そろそろ種明かしの時間だろう、教員役よ」

先生が時計を見る。時刻は夕方に差し迫ろうとしている。

「R君から課題の品を手に入れた達成感で、まだ肉体に感情移入し続けると想定していたのですが、甘かったですね。ここからパイさんとまたトラブルが起きると考えていたのですが……」

会話の意味が理解出来ない。全てはあらかじめ予定されていたことだったのか？

「こうなってしまった以上、先送りするしかありませんか。ハプニングでR君も眠ってしまいましたしね」

「本部は何て言ってるんだ？」

「実はもう、あちらでは計画は成功扱いです。高知・愛媛自衛隊は完全に態勢を整えることに成功しました。もう容易く絶対防衛線が崩壊することはないでしょう」

「ふん、ならいいだろう。始めたらどうだ？」

トントン拍子に進む話に、不自然さを感じていたのは僕だけでない。パイも同じだ。

「……先生、どういうことなんです？　一体何が起きているんです？」

どうやら彼女は本当に計画の賛同者ではないらしい。この状況をまったく把握していない。彼女が僕に隠していたのは、僕とイプシロンが同一ということだけだったようだ。

「そうですね、では種明かしをするためにもレクレーションルーム①に向かいましょうか。あそこが一番話のしやすい場所ですから」

鈍くなった思考のまま、勝手に体が歩くのを感じた。僕ではない、イプシロンが歩いているのだ。


僕とイプシロン、パイ、先生、R王子、そして鋼堂タケシの死体。

全員がレクレーションルーム①に揃っていた。

王子は杖こそいつも通り使っているが、ちゃんと二本の足で立っている。起きているということは自己暗示の効果が無くなったようだ。先生が手を上げて声をかける。

「おや。催眠が解けるのが早いですね、R君」

「そんなに眠くない状態でかけたのが幸いしましたよ。予想外のことがあったので、精神的にはかなり参っていますが」

「災難でしたね。性別の件もばれてしまったようですし……」

「え！　どうしてそれを⁉　まさか彼が喋ったの？」

「いいえ、彼はそれどころではありません。あなたたちの様子について、僕は監視カメラでずっと見ていましたよ」

「あ、あ、ああ……じゃあ、あの監視カメラは音声もしっかり拾ってたの？」

「そこまで怯えなくていいですよ。これ以上は言及しません」

「げ、言及も何も……お、終わった。僕の試験は完全に終わった。もう何度目だ」

「試験より遙かに意味のある結果を僕たちは得られたのです。そう気を落とさずとも……とりあえず一言申し上げます。お疲れ様でした」

「……ありがとう。けど嬉しくはないですよ……タケシの件もありますし。ねえ、何でこんなことになったんです？　僕は正直……今のあなたたちが信用できない」

「それも含めてここで計画の最終段階をスタートします。これ以上引き延ばすのは無理ですから」

先生は振り返った。イプシロンではなく、僕に対して。

「どうですか？　犯人は分かりましたか」

「……」

「あなたには十分な時間を与えました。このエスペリオンという施設とそれをとりまく環境について、捜査で得たでしょう。あなたが自立するに足る情報を。違和感が明瞭化し、イプシロンという肉体から剝がれつつあることで、全ては出揃ったはず」

言っている意味が、分からない／分かる気がする。

「さあ、では改めて聞きます。ここにいる鋼堂タケシ。彼を殺害した犯人は、誰なのです？　その答えを、あなたは持っていますか」

持っている／持っていない。

――持っている者が一人でもいるのなら、そこから引き出せばいい。

「そんなものは、非常にシンプルだ」

「ほう」

答えは、分かり切っている。最初から皆言っていたではないか。吾妻福太郎が犯人だと。真実しか言えない催眠にかけられた者たちがそう言っていたのだ。ならばストレートに考えればいい。その通りだったのだ。

僕という存在が架空だった以上、答えは明白。

僕は先生を指差して言った。

「あなたでしょう、〝吾妻福太郎〟」


ヒントはあった。誰も知らない、気にもしないこの男の「先生」以外の呼称。真実しか言えない催眠をかけられてから、王子はずっと先生のことを「教員役の彼」と呼んでいた。たまにイプシロンが馬鹿にしたように言う「クソ教師」や「教員役」。

僕と同一の催眠力・催眠耐性。どこか僕に似た風貌。

イプシロンは言っていた。僕という人格にはモチーフになった者がいると。ならばそのモチーフとなった人物こそが、真の吾妻福太郎なのではないのか。

――この事件の犯人は〝生徒四人の中の誰か〟です。教師ではない。

そうだ、彼は何も嘘を吐いていなかった。――きっと彼は、教員でさえない。このエスペリオンの、僕と同じ生徒なのだ。ご丁寧なことに、僕とイプシロンを同一の一人と扱えば「生徒四人」の発言が真実になる。

恐らく、そこに死体として転がっている鋼堂タケシこそが、このエスペリオン学園の本当の〝教師〟なのだろう。これもヒントは沢山あった。

鋼堂の個人部屋だけが、他の個人部屋から離れた場所にある。

鋼堂の部屋にだけ、監視カメラが存在しない。

鋼堂の部屋にあった、らしからぬ勉強道具の数々。

生徒には見えない老けた顔。

僕が最後に会ったときの、あの落ち着いた性格。

「お見事」

パチパチパチ、と、本物の吾妻福太郎は手を叩いた。たった一人の拍手を浴びても、不快な気持ちにしかならなかった。

彼が吾妻福太郎本人であるというのなら、全ての物事に説明がつく。昨日の深夜、トイレに行こうとしたR王子が見たのはこの先生役の〝吾妻福太郎〟だったのだ。彼はその後鋼堂タケシを殺害し、自室で血の付いた衣類を処分した。

ただそれだけの、シンプルな殺害方法だった。

この殺人事件に催眠術は関与していない。もしかしたら殺人を犯す時に催眠術を使ったのかもしれないが、そんなものはあっても無くても同じ。本筋には影響がない。これはあくまで、彼一人の犯行だった。

「ええ、その通り。にしてもあのときのパイさんの質問——その吾妻福太郎というのは、精神的な話ですか？ それとも肉体的な話？ ——は有効手でしたね。あれさえなければ、あなたやイプシロン、はたまた新しく現れた人格という線に向かわせることも出来たというのに。パイさん、あなたは本当に彼のパートナーとして有能だった」

吾妻福太郎は感嘆するようにパイを見た。当の彼女は欠片も嬉しそうでない。ただただこの状況に困惑しているようだった。

そうだ。彼女もこう思っているだろう。

〝どうして？〟

どうしてこのような殺人事件が起こったのか？ どうして吾妻福太郎は鋼堂タケシを殺害しなければならなかったのか？ すっぽり抜けている動機、ホワイダニット。殺人犯が判明しても全く釈然としない。

目の前の〝吾妻福太郎〟は平然としている。人を一人殺しておいて、それでも表情一つ崩さずに僕の一挙手一投足を見つめている。何を考えているか分からない。この男は、本当にただの生徒なのか？

「分かりませんか？」

黙るしかない。僕がそれを理解しているかどうかは問題ではない。答えをこの口で言ってしまえば、何もかもが終わってしまう気がした。

パイもイプシロンもR王子も、黙って僕を見つめている。

「何故、R君は最初このような計画に賛同していたのです？　そこのイプシロンは、どうして黙っていたのです？　彼が全部分かっていながら行動を共にしていたと、これまでの言動を振り返れば今のあなたは気付くでしょう？」

彼らは何故、微妙な立ち位置で〝吾妻福太郎〟に協力していたのか。特にR王子は、殺人事件が起きても催眠術をかけられても上手に切り抜けていた。「あそこで先生のふりをしている彼が犯人です」と一言口にすれば済んだ話だ。なのにやらなかったということは〝吾妻福太郎〟には協力するに足る何かがあるということ。

イプシロンの行動は……未知数すぎて分からない。きっと誰も理解出来ないだろう。

「鋼堂タケシ教員は何故、生徒のふりをして昨日まで過ごしてきたのです？」

分からない。彼自身がそれを望んでやっていたのか、もしくは〝自分が生徒だ〟と誤認する催眠をかけられ続けてきたのか。

「では、これは分かりますか？　〝計画〟とは何です？」

——う……く……コウジゲンジンをここに集中させる計画です。

——その意識を集中させるのです。隙をついて日本は態勢を整えます。

——ぼ、僕たちを嘲笑っている連中。彼らに復讐をしようと、話を持ちかけられました。

コウジゲンジン。

高次元人。

彼らにとっての超越的な意思。

「我々はあなたを騙していました。けれどちゃんとした理由があります」

日本の態勢を整えるため？　誰かに復讐をするため？

「イプシロンによる多重人格計画は、阿波第七研究所の時点で失敗しています。彼は自律した人格を最後まで作れなかった。だからこのエスペリオンに転入してきたのです。多少の影響こそ受けてはいますが、あなたは本質的にイプシロンが作り出した人格ではありません」

　では自分は何だというのか。僕の意識がイプシロンの体にあることは間違いない。イプシロンの人格の一つでないというのなら、一体何なのか？

僕はどこから来たのか？

「それはあなたがよく知っている場所でしょう」

吾妻福太郎が問うてくる。

「あなたは、誰です？」

僕は……

僕は……

「その答えを、パイさん以外の皆が実は口にしているのです」

リーダー。

リーダー殿。

リーダー君。

「そうでしょう、〝Ｒｅａｄｅｒ〟。そこにいるあなた」

頭痛がした。けれど一瞬のこと。痛みは体全体の感覚と同時に消えていく。

自分が自分で無くなるような浮遊感が、全身に広がる。

視界からイプシロンの姿が消える。なるほど、イプシロンがこの体の所有権を完全に得たようだ。

では自分はどこにいる？　まだエスペリオンに確かにいるというのに――。

「そうだ、お前は〝そこ〟にいる」

イプシロンが言う。自分とイプシロンは完全に隔たった。一人の登場人物として、彼は告げる。

「俺とお前は傍から見たら一発で同一人物と分かる。だがお前は文章だけでこのエスペリオンを追っていたから認識出来なかった。それでもお前が気付いたのは、鏡を見たからじゃない。そういうことじゃない。お前は情報を集めきったんだ。エスペリオンの情報を集めれば集める程、客観的意識が芽生え、お前はお前としての自我を洗練させる。それはこの肉体からの解離を意味する。

だから俺たちが同一人物だと発覚したのは、お前が〝そうじゃないか〟と深層心理で疑念を抱いたからなんだ」

そのメカニズムを、あえてここでイプシロンは告げる。

「だからお前だってお前。そこでアホ面こいて、これを見ているお前。本開くみたいに俺たちを読んでいるお前だよ」

あの赤い夢を思い出す。それは吾妻福太郎の憎しみの感情。まとわりつく血の記憶。EGOに崩壊させられた街並み。両親の死体。巨大なEGO。下を向けば、瓦礫の山の中に様々な感情が交錯していくのを感じる。月が綺麗で、時折空を見上げた。隣には巨大なEGOの群れ。黒い陽炎が、人々を嘲笑っている。〝面白い物をもっと見せろ〟と嘲笑い続けている。

ああ、ああ。僕はどうして、EGOに邪魔されずに月を見ることが出来るのだろう。EGOはこんなにも大きいのに……どうして下界を他人事のように観測出来るのだろう。

少年は憎しみに満ちた目でこちらを捉えている。両親を殺され、自分の命も脅かされ、その元凶への怨念が空気として顕れる。

何を憎んでいる？　彼は……吾妻福太郎は、一体何を見ている。

――この夢は、誰の記憶なのか。

自我そのものの一人称、そこに受け手が現れ二人称、客観性とも言われる三人称。

果たして、この夢の視点はどこにあった？　僕は……誰だ。

ああ、あああぁあああああ。

意識が、剝がれていく。

◆

俺／僕／私。

俺／僕／私は自己を把握する。

それは宙をたゆたう存在。この世界を俯瞰する存在。まるで本を読むように、異なる次元を識ることの出来る存在。

ある時、零は無限となった。俺／僕／私は一人ではない。言うなれば執心の集合体。複数の、他の世界を識りたい、という願望の化身。

自分はこの世界の住人にとって目に見えるカタチになっていない。物理化学における霧や電磁波ですらない。粒子とも呼べない。あえて言葉にするなら空気、雰囲気、念。肉体を持たず物質化されず、ただ〝読む〟だけの事象。

俺／僕／私は、あなたたちキャラクターに手は出せない。

同時にあなたたちキャラクターも俺／僕／私に手を出せない。

だというのに、ありえぬはずの相互の干渉が始まろうとしていた。

呼ばれた以上、応えないわけにはいかない。せめて必要にして最低限の描写を文字に変えて伝えよう。

〝自分〟という存在が、この世界に顕現する。

◆

「リーダーの顕現に成功した」

イプシロンが言う。吾妻福太郎は神妙な顔つきで周囲をうかがった。

「やはり姿形を目で捉えることは出来ませんか。ここまでやればリーダーを目で見ることが出来るかもしれないと思っていたのですが……ふむ」

「白い壁であればリーダーを影絵のように視界に入れられると思ったか？　ふん、そういう次元の話ではないようだ。この場においてリーダーを捉えられているのは俺だけのようだな」

「君だけですか。やはり同じ体を共有していた、というのは大きいようですね」

「ああ。……おいリーダー、聞こえているか。お前も色んなことが気になってるんだろう。いいぜ、話をしよう」

イプシロンは目に見えない存在であるはずの俺／僕／私を感覚で捉えている。目を瞑り、俺／僕／私へ直接話しかけてくる。

だがパイとR王子はこの状況を理解していないようだ。

「ち、ちょっと、イプシロン。一体どうなっているんですか？　福太郎君はどうなっているんです？」

「福太郎は僕ですよ」

「い、いや、あなたじゃなくて！　イプシロンの別人格の〝彼〟です！」

「ああ……まずはそこから話をしていかないと皆が納得しませんか。いいでしょう。何故こういうことをしたか、事の発端から話をしましょう。

先ほどもお話ししましたが、僕はこの学園の教員ではありません。かといって生徒かと問われると微妙な立ち位置にいます。特殊待遇生徒といったところでしょうか。何故なら僕は既にこの学園を卒業しているからです」

「卒業？　私たちと同じように、最終試験を受けて？」

「そうです。それまでは、実はそこにいるR君やイプシロンとは同級生でした。みんな鋼堂先生の教えの下で育ったのです」

「ああ、あの頃からお前は鈍臭くて、その割に幼稚な理想を振りかざすバカタレだった。俺の作った吾妻福太郎にもしっかりフィードバックされていたな」

吾妻福太郎はイプシロンを無視し、続ける。

「僕は卒業後に前線を志願し、ＥＧＯに直接対峙する役目を率先して引き受けてきました。ご存知の通り、僕の催眠力は2。強力ではないのですが、工夫し何とか遣り繰りして生き延びてきました。

……つい一年前のことです。高知の鏡川に小型ＥＧＯが大量出没しました。片っ端から催眠をかけていた最中、その中の一体が何と対話に応じたのです。

そうです、僕はＥＧＯの統率者らしきモノを捉えるに至りました。僕はあらゆる疑問を言葉にしてＥＧＯの統率者に問いました」

――こちらの質問に答えてください。

――……。

――あなたは誰です？

――読んでいる者。名前は複数あり、個人としての名称を個々に答えることは出来ない。言うなれば読者。

確かにそれは記憶にあった。誰が回答したのかは不明。集合体のうちの一部がそのように答えたのだろう。後に記憶は統合される。

「それで僕は確信しました。この世界を本を読むように見ているモノがいる。ＥＧＯリーダー……ＬｅａｄｅｒでありＲｅａｄｅｒでもあるそれは、快楽を求めてこの世界を眺めている、と」

「さ、最近出たという学説はあなたが発端だったのですか」

「そうですよ、パイさん。こことは違う次元にいる存在。いわゆる、高次元人。彼らは人々の悩みや葛藤、怒り……そういった激情の波により生まれる事件を見て楽しんでいる。私はそれを聞いて憤怒しました。ですが事はそれだけでなかった。見ているだけならまだしも、リーダーはＥＧＯを操作して直接こちらに干渉し、世界を混沌の中に沈めたのです。

　ＥＧＯが現れ出した二〇五〇年。科学技術は非常に高いレベルに達していました。治せない病気は激減し、未踏の地は無くなり、生活全てがオートメーション化されることで全体の生活水準は上がりきった。極めて便利な世の中となりました。リーダーにとってはそれこそが非常につまらなかったそうです。安泰な社会では彼らの望む快楽は生まれにくい。だから壊す。壊すことで、壊された人々の感情の渦を見て彼らは楽しむ」

　その通りだ。彼らがＥＧＯと呼んでいるものは、我々のうちにある無意識から零れ落ちたモノ。文字の羅列を切り裂く裁断機《シュレッダー》、あるいは本のページを破る行為――それらのイメージの具現。こちらが思い描く、文章への攻撃手段。一定数の誰かはこの世界を緩慢と判断し、平穏を崩壊させるために動いた。彼らはいつだって、平和から面白さは生まれない、と考えている。

「そ、そんなことが本当にありえるのですか？　大型ＥＧＯのような巨大質量を、ただの意思が生み出せるなんて」

「それは僕にも謎ですね。そもそも本当に彼らが生み出しているのか、それとも物理法則の帳尻を合わせるために僕らのいるこの世界が出現させているのか。ただ彼らのいる世界は、こちらの世界に対して何らかの優位性を持っていることは間違いありません。だからこそ、催眠術というものも成立している」

「え？　催眠術も関係しているのですか？」

「恐らくパイさんには理解出来ません。僕でさえ半信半疑ですが……催眠術というのは、大脳やアルファ波がどうこうという説明もされてきましたが、実は非常にシンプルな道理。その本質は一言で言い表せる。文章に『　』を付ける能力です」

皆が不思議そうな顔をしている。俺／僕／私には　理解できた／できない。

「やはりここにいる人間……この次元にいる人間には分からないでしょう。ですがリーダーなら汲み取れるはず。僕たちのハイベルガーボイスとは、科学的に説明することも出来なくないですが、あなたの視点で言うと『　』を付けて文章を強調する技法。ただそれだけのことなのです」

『　』《括弧》。

その表現技術を我々は観測することができる。あなたたちを、文字として見ているが故。

「物事は観測されて初めて実現する。有名な量子物理学の概念です。その定義で言うと、催眠術は催眠と誰かに認識されて初めて実現する技術。

――ただし、ここで観測する主観は私たちでない。この次元の人間ではない。私たちより一段階上の次元にいるあなたが、『　』の中身を催眠術によるものだと観測すればそれは本当に実現される。あなたの認識はこちらの世界に対して優位に働くからです」

「ち、ちょっと待ってください。催眠術はリーダーという存在が観測していないと使えないんですか？　この場所以外でも催眠術は使われているはずですよ。それらは何によって観測されているのです？」

「さすがですね、パイさん。この荒唐無稽なお話を理解しようとするとは。

答えはシンプル。リーダーという存在はここにいる〝彼〟だけでない。無数に存在し、常に誰かに憑依してこの世界を観測しているからです。憑依先はＥＧＯだけではなく、同一時間軸に一カ所でもない。パイさん、あなたにも憑依しているかもしれないし、かつてしていたのかもしれない」

読者など無数に存在する。それらがある程度の規模で統合されたのが、ここにいる俺／僕／私だ。そして俺／僕／私ですらあくまで全体の一部にすぎない。

憑依先は性別や年齢で選ばない。ただ〝感情移入〟をしやすいかどうかが判別基準。「ＥＧＯ。そしてリーダー。その存在理由に、僕は確信を持った。当時鏡川で対話できたリーダーは結局逃がしてしまったせいで、誰も僕の言うことなど信じなかった。僕自身、信じてくれとは言えなかった。ただ諦めず、独りでリーダーを追い続けた」

それは彼が真の吾妻福太郎だから。

かつての夢を思い出す。両親を殺された吾妻福太郎の慟哭を。あれは吾妻福太郎の記憶ではなく、俺／僕／私の俯瞰記憶だったのだ。

両親を紙のように破られた彼の、俺／僕／私への怒りは本物だ。そんな彼が復讐相手を本当の意味で特定出来たというなら、止まるはずもない。

「結果として三カ月前、再び僕はＥＧＯリーダーを捕《とら》えることに成功しました。聞いたことが真実であるならば、彼らは面白そうな場所に現れる。若い男女の密集する施設に張っていたことが幸いしました」

そこにいたのも俺／僕／私のうちの一部なのだろう。〝若い男女〟と〝理不尽なＥＧＯ

による事故〟の組み合わせは、それだけで物語となる。恐らくドラマティックな動きを期待して、観測していたのだ。

「緊急応援で呼び寄せた複数の催眠術士によって何とかあなたを拿捕《だほ》したはいいものの、このままではいられない。あなたが催眠にかかることにさえつまらないと感じてしまえば、まるで本を閉じるように一気に逃げ出すことも可能でしょうから。

だから我々はこう考えました。我々の叡智である催眠術を使って、自分たちで監督できる閉鎖施設の誰かにリーダーの意識を落としこむ。そしてその肉体をこの場所のイベントに直接巻き込ませ、リーダーの意識を集中――注意を向けさせることで封印する。

エスペリオンでのイベントの数々……たとえばあなたの試験課題の件。なかなかに刺激的だったでしょう?」

刺激的だった/考えた人間の気が知れない/ぬるい/早く奪えばよかった/まどろっこしい。

「更に鋼堂タケシの殺人事件。これも没入するにはいい案だと思いました。殺人というのはそれだけで刺激的なイベントなのに、犯人が未確定だとより一層気を引けるもの。いわゆるミステリな環境。人は謎に弱く、あなたも例外でない。

そうやってこの施設の出来事にあなたが夢中になればなるほど、外のEGOは活動をストップする。あの巨大質量が停止する、というのはたとえ数時間でも大きな戦果となります。その間、愛媛・高知の自衛隊施設は態勢を整えられる。次の襲撃にも対策を練ることができ、避難も進められ、多くの命が救える。

リーダーの意識がある程度浮上すれば、散らばっていた多数の同種もエスペリオンに気付き、集中すると想定していました。あそこで面白いことが起きそうだと、EGOを操作するよりも、エスペリオンを視ることを優先させる。

結果、ここ数日、四国のEGOは完全に沈黙してくれました。——これが〝計画〟の正体。全ては、このエスペリオンという施設そのものを使った〝あなた〟への催眠だった」

——まさに、エゴに捧げるトリック。

非難の意思が強まる。俺／僕／私をこのエスペリオンという名の本に閉じ込めるなど、何と歪な発想だろう。

「そしてリーダーを受け入れる器として選ばれたのが、この俺、イプシロン様だ」

「満場一致でした。恐らくエスペリオン本部も〝別に失敗して死んでもいい〟という思いがあったのでしょう」

「ふん。憑依用に俺が作り出した〝仮想人格：吾妻福太郎〟は、その名の通りそこにいる福太郎の馬鹿をモチーフにしている。こいつは馬鹿だが、悪い奴ではない。憑依先の人格がワルや気性の荒い者の場合、リーダーの意思と化学反応すると何が起きるか分からんからな。ベースとしては一番いいと判断した。まあ、あくまで〝俺が思う〟吾妻福太郎だが」

「それに関しては、僕も色々言いたいことがあるのですが……後にしましょう」

「とはいえ、俺は完全な自律人格を作成することが出来ない。作った人格に催眠能力を持たせることは可能だが、感情・思考の方は薄味になってしまう。

今回は逆にそれが幸いしたな。お陰でリーダーも入れ込みやすかったようだ。少なくとも俺に憑依するよりかは、無個性な方が視点として感情移入しやすかっただろ？」

そんなに無個性ではなかった気がする／幼稚だった／無個性だった／イプシロンは喋らないでほしい／ああいう人間性は嫌いだ／普通だった。

俺／僕／私の中で意識が分かれる。

「『あなたは吾妻福太郎だ』『あなたはここにいる』」

福太郎と本部職員による定期的な催眠術によって、この三カ月は上手いことリーダーを俺の仮想人格より更に奥深くに幽閉することが出来ていた。だが催眠というのは、同一の内容が長く続かないという特性を持つ。徐々に効果が薄くなっているのは分かっていた。

一昨日。とうとう福太郎の催眠効果は最低レベルにまで下がり、リーダーは、餌に群がる蟻のように〝数を増した〟。結果、お前という意識は催眠を凌駕《りょうが》し、目覚め、世界を描写し出した。──いわゆる、計画のスタートというやつだな。

この三カ月の記憶をうっすらとだがお前は所持していただろう？　一応お前は休眠状態だったがこの体を使っていたからな。良かったよ、まったくの無知だとやりづらいことになっていた。中途半端に記憶が曖昧になることもあったようだが……それは俺にとっても想定内だった。俺のサポートは何かと的確だったろ？」

「だ、だから福太郎君は一昨日から人が変わったみたいに元気になったんですか？　私と一緒にエスペリオンに入学してきてからは……沈鬱そうな顔で過ごしていたのに……」

「沈鬱というよりも足りていなかった状態と言える。俺の人格作成は、結局一度もまともに成功していない。今回は特別だ。ベースとなる仮想人格に多くの意思が憑依し、初めて魂を持った」

「ほ、他の皆は知っていたのですか？」

「知っていた。本当の意味で何も知らないのはお前だけだったんだ、パイ」

「そ、そんな……では……私が今日まで話をしていたのは……本当に……ＥＧＯ……」

パイは衝撃を受けているようだ。彼女はＥＧＯに対抗するために生み出された調整体。知らなかったとはいえ、彼女は自らの遺伝子に刻まれた敵と邂逅し対話を繰り返していた。

仮想人格〝吾妻福太郎〟自身でさえ、気付かずに彼女と話をしていたのだ。仕組んだ他の人間からしてみると、その光景は滑稽に映っていたのかもしれない。

ただし、彼女は勘違いをしている。彼は俺／僕／私そのものというわけでもない。イプシロンの言うベースの影響を受けすぎている。いやそれ以外にも──。

「いいえイプシロン。今日起きたこの事件については、僕も聞いていませんでしたよ」

R王子が苦しげな表情で言う。

「倫理の授業で、僕はこの世界の観測者の存在を知りました。そしてその後すぐに、それをイプシロンに強制的に憑依させているという話を聞きました……驚きましたけどね。ですから、注意を向けさせるために今日この日にトラブルを起こすから話を合わせろ、という指示にも従いました。でも」

鋼堂タケシの死体を指差す。

「タケシが殺されるということまでは知らなかった。吾妻殿、あなたに問いたい。これは本部の指示なのですか？　ＥＧＯリーダーの注意を向けさせるためにタケシを殺したのだとしたら……それだけのために人を殺したのだとしたら、快楽のために平気で殺人を犯すＥＧＯと同じことを行ったのではないですか？」

そう、理屈に合わない。目的のために殺人を手段とする。それは話の流れからして、吾妻福太郎が最も嫌悪するもののはず。あえて自身の恩師であっただろう人間を殺害し、なお平然と流暢に話をする彼の神経は、俺／僕／私にさえ理解出来ない。

「はい、ですから生きてますよ」

「え？」

あっけらかんと言う吾妻福太郎に、R王子は呆けた言葉を返す。

「はい、鋼堂先生！　もう起きていいんじゃないですか！」

パンパンと両手を叩くと同時に。

むくりと。

死体だと思っていた鋼堂タケシの体が、起き上がる。

そのまま自身に突き刺さっているナイフを引き抜いた。いや、ナイフではない。押せば刃が引っ込む玩具だった。

「えっ！　鋼堂君!?」

「うえぇ!?　タ、タケシ、生きてたの!?」

パイとR王子の両名が、目を飛び出して驚いていた。

「生きてたら悪いのか」

鋼堂タケシは仏頂面のまま、立ち上がる。

ベトベトと、彼の周囲に何かが落ちる。赤い泥のようなものが半固形化した状態で剝がれていった。どうやらよく出来た血糊《ちのり》のようだ。

R王子は杖をつきつつも、いつもより速足で鋼堂タケシに向かっていく。

「よ、よかったよぉ。タケシ」

「R。もう芝居は終わりだ。これからは先生を付けろ」

「ぼ、僕、タケシが本当に死んじゃったかと思って……うぅ、本当によかったよぉ」

「……そうか。すまん、お前には何も言っていなかった。だが、今回の皆の行動を思い返してみろ。お前は知らない方が良かった。途切れず演技し続けられる人間ではあるまい」

「僕と鋼堂先生で、その辺は事前に決めていたのですよ。死体発見時に僕だけでなくR君まで冷めてたり芝居臭かったりしたら、一層不自然な雰囲気になりかねなかったので」

吾妻福太郎が説明する。

「ど、どういうことなんです。私の眼から見ても、確かに鋼堂君は死んで……」

パイの疑問はもっとも。死者のふりで誤魔化せる人数ではなかったはず。

「だから鋼堂先生は僕以外の全員にある催眠をかけていたのです。自分が倒れていたら、それを死体と認知するような催眠術を。先生の催眠力は3。効果覿面《てきめん》だったようですね、皆さん見事に引っかかっていました」

「これでも教員を十年以上やってるんだ。相手に気付かれにくいハイベルガーボイスの出し方くらいマスターしてる。それに自分の脈拍を抑える自己暗示もな。対ＥＧＯには使い道がないから誰にも教えてなかったが」

福太郎として生活していた昨日のことを思い返す。鋼堂タケシと最後に会話をした、あの時——彼は自己暗示により自殺した生徒の話をしてきた。その最中、言っていた。

『もし明日自分が倒れていたら、死んだものと思え』

まるで過去に他人が言った台詞であるかのように、会話に紛れ込ませてきたが——それは、これでもかというほどの意思が込められた鋼堂自身の催眠だったのだ。同じ内容の催眠術を、気取られぬように他の生徒にもかけていたのだろう。

「ふおお、タケシ。ありがたや、生きておられたのですね」

「イプシロン……催眠の効かない貴様が、俺の偽装に気付かぬはずがない。殴らせろ……！　死体のふりをしていた俺のズボンを、ここぞとばかりに脱がせようとしてきたな！」

「タケシ、仕方が無かったんだ」

「あれで俺が起きたら計画は全ておじゃんだった！　そして吾妻が部屋から出ていったら、捜査のためと偽り、お前は俺の体に触り出した！　お前は俺が必死に耐えてるのを見て笑っていた！　あの時ほどお前を殺したくて仕方ない時はなかった！」

「タケシは、それでも耐えると思っていた」

鋼堂タケシが腕を振り回すが、イプシロンは軽快な動きでそれを避ける。彼らの関係性は、鋼堂タケシが生徒役を演じる前から変わっていないらしい。

「だからあの二人がタケシに刺さったナイフを引き抜こうとしたとき、制止してやったじゃないか。その気配りでイーブンだ」

「いえ、イプシロン。あなた気付いてました？　鋼堂先生は僕がいたときから、すごくもじもじしていたのです。きっと体がかゆかったか、トイレに行きたくて仕方がなかったのでしょう。僕はなるべく早く皆をこの場所から出して、鋼堂先生一人にしてあげようと思っていたのに……あなた、僕が去った後もわざとここで推理させてましたよね」

あのときの裏事情が語られるが、イプシロンに悪びれる様子はない。

「リーダー、そういうわけです。殺人など、元より起きてはいなかった。事件と呼べるような雰囲気作りはしていましたが――これぞまさに無血事件。トイレに血のついた衣類の痕跡がなかったのはそのため。出血自体が偽装だったのですから。この特殊な血糊も購買から取り寄せたものです」

真実しか言えない状態にする催眠に吾妻福太郎がかかっていたとき。彼は意地でも、鋼堂タケシが〝殺された〟〝死んだ〟などというワードは使わなかった。あの微細な不自然さにも理由があった。

R王子がおずおずと話しだす。

「あの夜、吾妻殿から〝鋼堂先生との打ち合わせの前に話がある〟って言われたのでトイレの前で待ち合わせして……やっと吾妻殿が来たと思ったら、大した話もしないで終わり。そのまま一人でレクレーションルームに向かいましたよね。僕抜きで計画の打ち合わせなんだって。それで次の日死体が見つかるから……タケシとの話し合いの最中に喧嘩してヤっちゃったのかと。そんな風に考えてました」

もう、とR王子が責めるような目で吾妻福太郎を見る。彼女が周囲の人間に対して抱いていた猜疑心《さいぎ》は、鋼堂タケシが生存していたという事実で払拭されたようだ。当の鋼堂タケシは謝意と焦燥が混在した表情を見せる。

「R、すまなかった。だが俺の方も、決して楽ではなかった。イプシロンが寝ている間はリーダーの〝俯瞰視点〟がどこで作用するか分からなかったから、俺は昨夜からずっとこの体勢でいたんだ。イプシロンとパイがこの部屋を出ていくまでずっとだぞ。もう腰が痛くてかなわん。二度とやらんぞ、こんなこと」

彼の懸念通りのことが実際に起きていた。憑依先の仮想人格が眠っていたため、俺／僕

／私は昨日の深夜に一時的に意識が剥離していた。その間にレクレーションルームを漂った時の光景。それが吾妻福太郎と鋼堂タケシの〝計画の最終打ち合わせ〟だったのだ。

彼らは万一見られている可能性も考慮していたのだろう。吾妻福太郎は玩具のナイフを手に取り、実際に鋼堂タケシの胸に突き立てた。あのときの自分にはそれが演技だと判断する材料がなかった。上手く騙したものだ。更に、児戯とはいえそれを行った犯人という概念が吾妻福太郎に組み込まれる。殺人こそ起きていないが、彼が犯人だという定義は言葉の上では間違いで無くなる。

「パイ殿が転校してきた三カ月前から、生徒役をやりはじめたんだよね。タケシ……いえ、タケシ先生」

「鋼堂先生と呼べ、R。これからはまたここで先生として振る舞うことになる」

「性格も先生のときに戻ってるね」

「ああ……俺はただでさえ老けた顔つきをしている。性格くらいは昔みたいなクソガキらしくしていないと、生徒に見えないからな。とはいえ、生徒の頃を思い起こす自己暗示は、昨日のパイによる催眠のショックで解けた」

「え、催眠かけてたんだ。素でやってるんだと思ってたよ」

にこやかに心無いことを言うR王子。鋼堂タケシはふてくされたように頭を掻く。

　R王子は、鋼堂タケシにだけは砕けた言葉遣いをする。随分と気を許しているようだった。

「けど、ところどころで本音が出てたよね。僕自身、大丈夫かな、ってこの数日は冷や冷やしてたよ」

「……まあな。俺は年長者だが、皆ほど割り切れちゃいない。何だかんだで、眼の前にいるのがEGOの親玉だと思うと、感情が出ちまう。パイがリーダーに近づいていくのが……危なっかしくてな」

　鋼堂タケシがパイに抱いていた感情は、教員という立場による庇護心のようなものだったらしい。街を混沌に陥れている俺／僕／私と、何も知らない少女が接触しているその様子は、彼からすると非常に危ういものだったのだろう。

　パイは先ほどから俯いてしまっている。その表情は読めない。

「これからは、タケシ先生の授業を受けられるんだね。久しぶりで、やり方忘れちゃってるんじゃない？」

「そこにいる吾妻のよりはマシだ。そいつは教員資格など持っていないからな」

「僕はあくまでリーダーを監督する目的で戻ってきた疑似生徒ですから。期待されても困りますよ」

「正直、吾妻殿の講義はひどかった。自分の好きなところだけやってるのが、こちらにも伝わってきました」

「そもそも俺とお前の役割を交代する必要性、本当にあったのか？　お前が教員役をやりたかっただけなんじゃないのか」

「二人共、ここぞとばかりに言ってくれますね。あのセリフが必要だったんです。〝この事件の犯人は生徒四人の中の誰かです。教師ではない〟。あれでリーダーの僕への疑惑が薄くなって、事件を混迷化させたかったのです」

　彼らの役割が入れ替わっていた理由は、事件を複雑にするための演出だったようだ。

　成功はしている／していない。

「この状態で話すのは昨日以来だな、リーダー。どうだ、これがお前の知りたがっていた真実だ。腹は満たされたか」

　鋼堂タケシが天井に向かって言う。彼の眼には敵意が滲んでいた。

「さっきも言ったが、俺はお前を警戒している。いや普通なら警戒してしかるべきだ。お前がここ数十年で世界を滅茶苦茶にした集合意識の一派だっていうんだからな。俺の感性の方が真っ当だ。ここの生徒たちはゆるすぎるんだ」

　言わんとするところは分かる。パイが研究施設にこの歳までずっといた理由、Ｒが今まで卒業出来なかった理由。今の俺／僕／私には察せられた。

「俺はこの三ヵ月間、特に一昨日からのお前には言いたいことが一杯あった。怒鳴り散らしながら、何でこんなことをしてきたのか問い詰めたくて仕方がなかった。だがそんなこと、俺たちが言っても無駄なんだろう。お前には、紙に並ぶ文字にしか見えないんだろうからな。

お前は寝ころびながらこれを見てるのかもしれない。移動中の暇つぶしに見てるのかもしれないし、ドリンクを飲みながら、はぁと溜息ついてるのかもしれない。これはお前にとってはあくまで紙の向こう側の話にすぎないのかもしれない。が——俺たちは、一ページ一ページの向こう側に、確かにいる。ここにいる。ここにいるんだ。

文字にだって意思は宿る。まやかしも信じれば真実と化す。それを忘れないでくれ」

鋼堂タケシ。あなたの言っていた家族の話は、本当のことだったのか？

「イプシロン。リーダーは何か言っているか？」

「ああ、トイレに行きたいって言ってる」

イプシロンは平気で嘘を吐いていた。だが俺／僕／私には、その嘘を訂正させる手段がない。向こうはこちらには干渉できないが、こちらも同じだ。もはやイプシロンの声帯は使えないのだから。

「ふざけんな！　クソしながら俺たちを見ているのか、こいつは！」

激昂する鋼堂。どうやらこういう行動が、イプシロンの俺／僕／私に対する復讐に相当するようだ。

「それは違うぞ、リーダー。俺はお前に対しての復讐心なんてない。そもそも俺には目的なんて大層なもの自体ないさ。今回の計画についても、面白そうだから引き受けただけだ。ふん、実際お前との共同生活はなかなか刺激的だった。いくら人格のベースが福太郎とはいえ、お前はかなり普通の感性だった。どうせもっと異常で気が狂った何かが顕現するんだろ、と予想していただけに、余計普通に見えた。普通に……いい奴だったな、お前。変なとこもたまにあったけど。

　お前がＥＧＯを許せないという発言をするたびに、俺は笑いころげそうだった。あんたもそうじゃないのか、タケシ」

「……先生を呼び捨てにするな」

「なあ、リーダー。お前は本当は、途中で〝本を閉じる〟ように切り上げてもよかったんだ。ここから抜けて、別の誰かに憑依することも出来た。だがそれでも、あの未熟で面白みもなくどこまでも青臭い吾妻福太郎に張り付き続けた。俺たちの催眠にここまで付き合って読んでくれたんだ。お前……案外、外の世界でも〝いい奴〟なんじゃないのか？」

その答えを俺／僕／私は持たない。自分という観念は既に個でない。

更に言えば俺／僕／私にとっての善し悪しを決めるのは、彼らではない。〝こちら〟の世界の住人だ。だから、彼らの言うことに意味などない。

「まあ、そうつれないこと言うなよ。お前が本を閉じて元の世界に戻ったとき、俺たちのことを少しでも思い出してくれれば満足だ。俺が今言ったこともな」

イプシロン。あなたは何故、この計画に参加したのか。

「だからさっき言ったろうが。何か面白そうだったからだ。人間の生きる理由なんて皆そんなもんだろう。お前の行動理念も同じだろ？」

どうしてもそれだけとは思えない。

「ふん。あとは……そうだな。なあ、ＥＧＯは退屈を紛らわすためにあんたが動かしているんだろ？　だがこの世界はそこまで率先して破壊しなきゃならないほどに終わってるのか、って純粋に疑問に思うのさ。別に破壊なんてしなくても、誰かの阿鼻叫喚がなくても、物語なんてものはどこにでも転がってるんじゃねえのか。ＥＧＯなんてつまんねーもん使わなくったって、退屈は紛らわせるはずだ。なあ、タケシ」

「一番ＥＧＯを恨んでいるはずの吾妻が何も言わないんだ。俺から言うべきことはもう何もないさ。

R、お前は何か言うことはないのか？　恐らく、そろそろリーダーの顕現は終わる。催眠術っていうのは三日以上効果が続かん。最後にかけたのは三日前の夜だ。もうすぐ催眠は完全に切れる。そうすればあの意識体は完全にイプシロンの体から離れる」
「僕は……僕もイプシロンと同意見です。吾妻殿の人格をベースにしたとはいえ、あなたはあなたの意思で僕たちと会話をしていたように思える。僕の勝手な思い込みかもしれないけど……一人のキャラクターとして、僕たちと同じ目線で話をしていた気がする。

あなたは――僕の身を案じるようなことを言っていた。タケシの死を弔《とむら》おうとしていた。力に溺れるべきではないという、僕の考えに理解を示していた。

僕はそれがとても悲しい。あなたはきっと普通の人だ。なのにこんな些細な……何かの食い違いでEGOというものが生み出されて、僕たちと隔たっている。

どうか、僕や吾妻殿との会話を思い出してください。力の意味を、もう一度考えてほしい」

「R。リーダーは〝部屋の隅で杖に話しかけることが趣味のくせに、えらそうなことを言うな〟と言っているぞ」

「い、イプシロン。それは本当なんですか？　彼がそういうことを言い出すとはどうしても思えないんですけども。あなたが適当に代弁しているだけなんじゃないですか？」

「……」

「リーダー殿。中庭で伝えた僕の本当の名前を、忘れないでください。ＥＧＯをもう一度操作することがあれば、僕のこの名を思い出してほしい。あなたにだからこそ、お伝えしたんです」

俺／僕／私は、彼女の言っていることを反芻出来るだろうか。彼女の名前を思い出せるだろうか。

分からない。けれど俺／僕／私は、本を扱うようにページを戻すことも出来る。もしかしたら、読み返すこともあるかもしれない。

なるほど。今ならば、あの試験課題の意味も理解できる。彼女の名という誠実さを表す概念を、我らに持ち帰らせようというのか。いや、果たしてそれだけとも――。

「さて、リーダー。鋼堂先生は先ほどああ言いましたが、あなたをこの場にとどめる催眠は実は既に解けています。

あなたはもう、いつでも逃げ出すことができる。まあ、そうでなくても強制的に終わらせる《閉じる》ことも出来たのでしょうが」

吾妻福太郎がこちらに向かって言う。

俺／僕／私を捕らえただけあって、彼もある程度はこちらのことを理解できているようだ。彼らが俺／僕／私に催眠をかけることはない。その意味がない。

「おめでとうございます。あなたはこの時点までに、試験課題さえもクリアして見せた。しかも二つも。ええ、試験は文句なく合格です。これであなたは希望通り外に出られます」

たった一人で卒業し、ＥＧＯと戦う道を選ぼうとしていた仮想人格の吾妻福太郎。皮肉な話だ。まさかこんな形で、その望みが果たされることになるとは。

「〝たかが殺人事件で、あなたは本気なんですね〟。この台詞を覚えていますか？　僕が言った言葉です。そのときの〝あなた〟の返答はこう。〝おかしいですよ先生。僕は一人の人間が死んだことを、なあなあで終わらせたくはない〟。

――ええ、それは我々にとって、最高の皮肉でした」

自らの快楽のため、死に寄り添う物語を見るために〝我々〟はＥＧＯを使い血を流すことを強要した。仮想人格を通して発したその言葉は、吾妻福太郎にとってはこの上無い嫌味に聞こえたことだろう。

「物理的に捕らえることのできないあなたを封印するには、この手段しかありませんでした。そのためのエスペリオンと催眠術。

もしあなたに物理的な攻撃を与える手段を持っていたとしても、駆使することはなかったでしょう。マルクス・アウレリウスは言いました。〝最もよい復讐の方法は、自分まで同じような行為をしないことだ〟と。

僕をベースにしていたあなたには、僕が催眠術士になった理由も理解できるはず。そう、両親をEGOに殺されたからです。その記憶は真実。醜い復讐心を動機にして僕はエスペリオンを卒業し、前線で戦い続けた。けれどEGOとの対話をきっかけに考え続け、その偉人の言葉を思い出しました。仮にあなたに対して暴力で復讐し返したとしても、きっと何も救われないのだと。両親を殺された恨みを、怒りを、そのまま転写しても変わらない。あなたは、分からない。だからこそ、この計画を実行するに思い至ったのです。これこそが――僕の、あなたに対する復讐なのです」

数日の間EGOの動きを停滞させたのは、紛れもなく彼の功績だ。大局的に見れば大きな戦果。だがこれで彼は満足なのだろうか。本当に、彼の復讐は果たされたのだろうか。

それは彼にしか分からないことだ。

俺／僕／私は世界からもうじき消える。

最後に、この場でほとんど話をしていない彼女を見た。エスペリオンで最も、〝自分〟

に協力してくれた少女を。

パイは沈痛な面持ちのまま立っている。彼女だけが、ここを〝舞台〟だと知らずに過ごしていた。

「あなたは……」

彼女は小さく呟いていた。それは〝自分〟にしか捉えられないか細い声。

「あなたは……消えてしまうの？」

消える。物語は終わる。

けれど、それを彼女の耳へ伝える手段はない。

彼女は〝僕〟に対して若干の感情移入をしてしまっているようだ。もしかしたらそれも舞台監督の目論見《もくろみ》通りなのかもしれない。

「イプシロン……教えてください。……〝彼〟は……何て……言っているんです？」

「………お前のことが好きだってさ」

最後の最後まで、イプシロンは〝こちら〟の意思を代弁する気はないようだった。

彼の考えは俺／僕／私ですら最後まで理解できない。

イプシロンの言っていることが真実なのかどうか、それさえも〝こちら〟では判別が出来ない。しかし彼の言葉は、彼女にとって意味あるものだったのだろう。

れないでいた。

嗚咽が聞こえる。神に近い存在、と誰かが言っていた彼女が……パイが、感情を抑えられないでいた。

それはどうしてか。

「嘘吐き……一緒に外の世界に行くって……海を見てくれるって……約束したのに……私は……また……」

彼女は泣くのを止めない。下を向き、こらえ切れない涙を手で押さえていた。ミューのことを含めれば、これで彼女は二度、信じた者との離別を経験したことになる。

奇しくも、イプシロンの作り出した〝吾妻福太郎〟の望みもこの瞬間に果たされた。これで、パイが外に出ることはない。以降、彼女は嫌でもEGOに〝吾妻福太郎〟を見てしまうだろう。ならば彼女はもうEGOと戦えない。戦う理由が消えたのだ。……いや、それは〝我ら〟にとっても同じこと、か。

吾妻福太郎がこちらを見ている。じっと、俺／僕／私を見ている。捉えている。

全てに合点が行った。

これこそが〝計画〟。

「うっ……うぅっ」

彼は物理的に傷を付けられないこの身に、心理的な仕掛けを施してきている。

――パイの存在こそが、この計画の要だったのだ。

把握する。吾妻福太郎は涼しげな表情とは裏腹に、その憎悪を必死に抑えこんでいたのだ。穏やかな表情と声質に騙されていた。両親を殺された彼が、我々を憎んでいないはずがない。この場の誰よりも俺／僕／私に殺意を抱いている。けれど彼は今の今まで、そのことをおくびにも出さなかった。

ＥＧＯと同じレベルに堕ちてしまうことこそを、彼は恐れていた。直情的にこちらを罵ることさえもせず、このような舞台を用意して何食わぬ顔をして皆を踊らせていたのだ。巧妙と取るか、卑怯と取るかは受け手次第だろう。

直接干渉出来ない彼らは、暴力による苦痛を俺／僕／私に与えることが適わない。だというのに、このように間接的かつ歪曲《わいきょく》的にこちらに苦痛を与えられる人間がいることを俺／僕／私は想定していなかった。

いつかの彼の授業を思い出す。

――忘れないでほしい。私たちはどこまでいっても人間です。強力な力を持っていても、どうあがき転んでも、僕たちは人間という殻から逃れることなど出来ない。君たちも……僕も、他人の気持ちを推し量ることを放棄してはいけない――。

それは他でもない俺／僕／私に向けての言葉だったのだ。

意識の何割かが漏らしていた。〝恐れ入る〟と。


俺／僕／私は、敬意を表してこの場を撤退する。この付近でＥＧＯが動くことはもうないだろう。一部の意識はそれでもＥＧＯを稼働させようとするかもしれないが、多くは抵抗を示すはず。エスペリオンにいる登場人物の存在を識《し》ってしまったからだ。

催眠術という強大な力を持ったエスペリオンの彼らは、力に溺れることなく他の誰かのためにそれを使いこなそうとしていた。

リーダーという存在に対しても、誰の血も流すことなく解決を図ろうとしていた。

ここでＥＧＯを操作することは、我々が力に溺れているということを、力でしか彼らを蹂躙出来ないということを認めることになる。屈辱と恥辱がこの身を縛る。

……仮想人格を通してとはいえ〝僕〟も望んだのだ。彼らと、そして彼女を、危険な目に遭わせたくはないと。

吾妻福太郎。あなたの復讐は、果たされた。

――君たちの勝利です。

「おい」

しかし最後に、引き止める者がいた。

イプシロンだった。

俺／僕／私のうちの誰かが言っている。〝ミュー〟と呼ばれた存在のこと。あれはイプシロンの作り出した仮想人格とされる。だからこそ俺／僕／私は、イプシロンの肉体を通してその過去を視た。

だが、彼は言った。〝俺の人格形成は、結局一度もまともに成功していない〟と。

ではあのミューという人格は何だったのか。今まで得られた様々な情報を照合していく中、たった一つの答えが導きだされる。

つまりミューとは──。ならばイプシロンがこの計画に参加した真の理由は、この結末を見越した上で、パイのEGOに対する戦意を削ぎ落とすために──。

「ふん、お前の口が無くなっていて良かったよ。小説で行きすぎた考察をするのは読者によくあることだ。曖昧なまま終わらせておいた方がいいこともあるのにな」

あの鎖は、今彼の手にある。

イプシロン。あなたがパイに、その真実を伝えることはないのか。

「ない。全ては過去の気の迷い。溶けた雪は決して元に戻らない。俺はただ、ふてくされた女が嫌いだっただけだ。

　そしてこの本の中で鎖を受け取ったのは、あくまで今を生きた〝お前〟だ。そうだろう？　俺にとってもパイにとってもお前はお前なんだ。吾妻福太郎でもイプシロンでもミューでもない。だから」

『お前は確かにここにいた』と。催眠が使えぬはずの彼の声には、法則を超えた意思が込められていた。

「そんなに退屈なら、またここに来いよ。作った仮想人格はこのままにしておく。いつでも憑依しろ。

何度でも、遊んでやるよ」

　その言葉に返答することはない。

　きっとしないのが彼女にとって一番いいと、〝僕〟も思う。

　俺／僕／私は、この世界という名の本を閉じることにした。

本書は、第十回アガサ・クリスティー賞最終候補作『エゴにのみ通ずるヒュプノ』を書籍化にあたり加筆修正し、『エゴに捧げるトリック』に改題したものです。

錬金術師の密室

アスタルト王国の錬金術師テレサと青年軍人エミリアは、稀代の錬金術師フェルディナント三世が実現した不老不死の公開式に赴いた。だが式前夜、三世の死体が三重密室で発見され、テレサらに容疑がかかる。処刑までの期限が迫る中、二人は事件の謎を解き明かせるか？　鮮烈な論理が冴えるファンタジー×ミステリ

紺野天龍

錬金術師の消失

紺野天龍

アスタルト王国の錬金術師テレサとエミリアはセフィラ教会の聖地《水銀塔》へ赴いた。《始まりの錬金術師》の遺産が眠り〝神隠し〟の噂が囁かれる塔にはバアル帝国の錬金術師ニコラ、教会聖騎士団や巡礼者らが集っていた。だが突然の嵐で塔は孤絶。聖騎士が首無し死体で発見され次々と犠牲が……シリーズ第二弾

ハヤカワ文庫

読書嫌いのための図書室案内

青谷真未

読書嫌いの高校生・荒坂浩二はひょんなことから廃刊久しい図書新聞の再刊を任される。本好き女子の藤生蛍とともに紙面に載せる読書感想文を依頼し始めた彼だったが、同級生や先輩、教師から不可解な条件を提示される。理由を探る浩二らはやがて三人の秘密や昔学校で起きた自殺事件に直面し……青春ビブリオ長篇

放課後の嘘つきたち

英印高校二年生の蔵元修は同級生の白瀬麻琴に誘われ、部活間のトラブル解決を担う部活連絡会を手伝うことに。演劇部のカンニング疑惑を探る修は、部長の御堂慎司が黒幕と推理するが……陸上部の幽霊騒動や映画研究会の作品改竄など、放課後の仄暗い謎とその謎が呼び起こす修たち自身の嘘——青春ミステリ連作集

酒井田寛太郎

ハヤカワ文庫

未必のマクベス

早瀬　耕

ＩＴ企業Ｊプロトコルの中井優一は、バンコクでの商談を成功させた帰国の途上澳門《マカオ》の娼婦から予言めいた言葉を告げられる——「あなたは、王として旅を続けなくてはならない」。やがて香港法人の代表取締役となった優一を、底知れぬ陥穽が待ち受けていた。異色の犯罪小説にして痛切なる恋愛小説。解説／北上次郎

ハヤカワ文庫

機龍警察〔完全版〕

テロや民族紛争の激化に伴い発達した近接戦闘兵器・機甲兵装。その新型機〝龍機兵〟を導入した警視庁特捜部は、搭乗員として三人の傭兵と契約した。警察組織内で孤立しつつも彼らは機甲兵装による立て籠もり現場へ出動する。だが背後には巨大な闇が……〝至近未来〟警察小説シリーズ第一作を徹底加筆した完全版

月村了衛

ハヤカワ文庫

著者略歴　作家　本作で第10回アガサ・クリスティー賞最終候補

HM=Hayakawa Mystery
SF=Science Fiction
JA=Japanese Author
NV=Novel
NF=Nonfiction
FT=Fantasy

エゴに捧《ささ》げるトリック

〈JA1467〉

二〇二一年一月二十日　印刷
二〇二一年一月二十五日　発行
（定価はカバーに表示してあります）

著者　矢《や》庭《にわ》優《ゆう》日《ひ》
発行者　早川　浩
印刷者　入澤誠一郎
発行所　株式会社　早川書房
郵便番号　一〇一 - 〇〇四六
東京都千代田区神田多町二ノ二
電話　〇三 - 三二五二 - 三一一一
振替　〇〇一六〇 - 三 - 四七七九九
https://www.hayakawa-online.co.jp

乱丁・落丁本は小社制作部宛お送り下さい。
送料小社負担にてお取りかえいたします。

印刷・星野精版印刷株式会社　製本・株式会社川島製本所

ISBN978-4-15-031467-5 C0193

本書は活字が大きく読みやすい〈トールサイズ〉です。